F) conservation

ghl

1398.

DISCOURS
SUR
LA POLYSYNODIE,

OÙ L'ON DÉMONTRE

Que la POLYSYNODIE, ou pluralité des Conseils, est la forme de Ministere la plus avantageuse pour un Roy, & pour son Royaume.

Par Mr l'Abé de S. PIERRE, cy-devant de l'Academie Françoise.

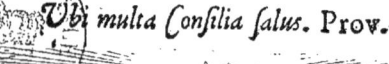

Ubi multa Consilia salus. Prov.

À LONDRES,

Chez JACOB TONSSON, Libraire.

M. DCC. XVIII.

DISCOURS

SUR

LA POLYSYNODIE,

Où l'on démontre que la POLYSYNODIE, *ou pluralité des Conseils, est la forme de Ministere la plus avantageuse pour un Roi, & pour son Roïaume.*

PREFACE.

UN Monarque peut n'écouter qu'un seul home dans toutes ses afaires, & lui confier son autorité entiere, come nos Rois de la premiere & de la seconde Race la confioient à celui qu'ils nomoient *Maire du Palais*, comme quelques-uns des Rois de la troisiéme Race, & entr'autres Loüis XIII. qui la confia pendant dix-huit ou vingt ans au Cardinal de Richelieu sous le nom de *Premier Ministre*, & come les Monarques Turcs la confient encore aujourd'hui à celui, qu'ils noment *Grand Visir* pour abreger, j'apele *Visirat* cete sorte de Ministere.

Ce Monarque peut n'écouter que deux homes sur ses afaires, & chacun d'eux sans témoins sur la sorte d'afaire qui lui est comise, & partager ainsi son autorité entr'eux, à peu près de la maniere que nous l'avons vûë partagée entre feu Monsieur Colbert & feu

Monſieur de Louvois : c'eſt cete forme que je no-
merai dans la ſuite *Demi-Viſirat*.

Ce Monarque pourroit encore partager cette autorité en quatre, en huit, & en un plus grand nombre de Mininiſtres à peu près égaux en pouvoir : mais
come ce ne ſeroient après tout que diferentes eſpeces de *Demi-Viſirs*, je comprens ces formes ſous le
même nom de *Demi-viſirat*.

Enfin ce Monarque peut écouter dans une Aſſemblée l'avis de chaque Membre de cete Aſſemblée ſur
chaque afaire du Gouvernement, & diſtribuer à ſept
ou huit Conſeils, à ſept ou huit Aſſemblées les ſept ou
huit principaux genre d'affaires de l'Etat. C'eſt cette
forme de Miniſtere, que l'on peut apeler *pluralité de
Conſeils, ou Polyſynodie*. C'eſt à peu près celle que le Regent a conçûë avec tant de ſageſſe, & executée en peu
de ſemaines avec tant de courage & de conduite.

Je ſai bien 1º que la *Polyſynodie* peut dégenerer peu
à peu en *Demi-Viſirat*, & même en *Viſirat*. Je ſai bien
2º que les Membres mal choiſis peuvent ſe corrom-
pre auſſi bien que les *Viſirs* & les *Demi-Viſirs*, en pré-
ferant de concert leurs interrêts particuliers à l'interêt
public, c'eſt-à-dire, à l'interrêt du Roi & du Roïaume.
Je ſai bien 3º que cete merveilleuſe forme de Miniſtere n'a pour le preſent d'autre ſûreté de ſa durée, que
la volonté de celui qui tient la place du Roi, & qu'elle
n'a encore pour l'avenir autre ſureté de cete durée que
la volonté des Rois qui ſe ſuccederont. Je ſai bien 4º
que ſi l'on n'ajoute rien à la forme établie, elle ne ſeroit propre que pour des Princes laborieux, qualité
trop rare dans les Rois ; elle ne conviendroit point à
des Princes, qui n'aimeroient point le travail, qui

n'auroient que peu de capacité pour les afaires ; encore moins à des Princes trop jeunes, trop vieux, trop infirmes ou livrez à la débauche & à la volupté ; cependant les deux tiers de l'efpace que durent les Monarchies, font remplis de pareils Monarques ; ainfi il feroit à defirer que la *Polysynodie* des Monarchies fût tellement perfectionée, que ni la féblesse, ni l'afébliffement des Monarques n'afeblit jamais les Monarchies, que les intervales de faineantife, de folie & d'imprudence des uns ne puffent jamais nuire, ni à leur Maifon, ni à leur état, & que les intervales de travail, de prudence & de fageffe des autres puffent toujours facilement procurer à leur Maifon & à leur Etat de trèsgrands avantages.

Or je prétens montrer que l'on peut fe preferver de ces quatre inconveniens : & c'eft dans ce Difcours que je me propofe d'indiquer pour cela des prefervatifs faciles & fufifans : j'efpere même que le Lecteur verra que *la Polysynodie*, même fans autre perfection, que celle où nous la voïons, eft une forme de Gouvernement préférable de beaucoup au *Vifirat* & au *Demi Vifirat* : & c'eft une des confiderations que j'ai euës en travaillant à cet Ouvrage : car il eft d'un bon citoïen de faire eftimer & aimer le Gouvernement prefent, fur tout quand il eft beaucoup plus avantageux que le Gouvernement précedent.

Il ne faut pas confondre icy deux chofes fort diferentes : le Gouvernement d'un feul Vifir particulier avec le *Vifirat* en general. Il peut arriver qu'un Vifir foit d'un efprit excellent, très laborieux, d'une grande temperance, d'une grande fanté : il fe peut faire abfolument parlant, qu'il n'ait aucune vûe d'enrichir,

ā 2

d'élever sa maison, ses parens, ses amis, & qu'il soit
toûjours uniquement & vivement ocupé de la justice
& des interêts du Roi & du Roïaume : il se peut faire
même qu'il soit capable de préferer ces sortes d'interêts
à sa propre reputation : mais il y a une diference infinie
entre le Gouvernement merveilleux d'un pareil Visir
pendant vingt ou trente ans, & le *Visirat*, que je supose une forme de Gouvernement permanente, qui doit
subsister autant qu'une Nation, & qui tombe presque
toûjours entre les mains d'homes plus ambitieux que
les autres, d'homes sujets à la vengeance, à la jalousie,
& aux autres vices de l'humanité, d'homes qui veulent
s'enrichir, enrichir leurs parens, leurs amis, élever des
créatures, qui soient plus interessez à soutenir le pouvoir du Visir, qu'à soutenir les interrêts du Roi & du
Roïaume; le Visirat est donc une forme de Gouvernement, dans lequel de cent Visirs il n'y aura pas un home parfait contre quatre-vingt-dix-neuf homes, qui
seront la plûpart d'un esprit & d'une vertu mediocre, &
qui seront quelquefois les uns malhabiles, les uns très-
méchans; ainsi les raisons qui prouveroient que le Gouvernement d'un Visir parfait seroit plus desirable que la
Polysynodie, ne prouvent rien pour le Visirat, où il y
a si rarement des Visirs parfaits: & puis je soutiens qu'un
Visir parfait ne pourroit rien faire de mieux, que d'établir avant sa mort la *Polysynodie* dans l'Etat même qu'il
gouverneroit.

Il ne faut pas penser non plus que si une Polysynodie
particuliere & défectueuse, sur tout dans les premieres
années de son établissement, & dans un Roïaume où
presque tout est boulversé quand elle y a été introdui-
te, la Polysynodie en general ne soit pas infiniment

préferable au Vifirat. Un établiffement auffi vafte, qui n'a point encore eu dans le monde d'excélent modéle, ne peut pas en fi peu de tems aquerir fa perfection. Et c'eft en partie pour doner quelques idées propres à le perfectioner, que j'ai entrepris cet Ouvrage.

Une grande partie des vûës que l'on trouvera dans ce Difcours m'étoient venûës neuf ou dix ans avant la mort du feu Roy: mais le Lecteur fait affez qu'il eût été alors trés-inutile pour l'Etat, & trés-dangereux pour moy de le comuniquer: heureufement les chofes ont bien changé; ainfi j'ay repris mon travail. J'ay tâché d'éclaircir la matiére, dans le deffein de contribuer autant qu'il eft en mon pouvoir, à perfectioner un fi bel établiffement.

Je ne pouvois pas montrer tous les avantages de la *Polysynodie*, fans montrer que cette forme de Gouvernement n'eft point fujette aux grans inconveniens du Demi- Vifirat: or coment montrer la grandeur de ces inconveniens, fans faire fouvenir d'un côté de quelques malheurs du Regne precedent, & fans montrer de l'autre, que ces malheurs venoient uniquement de ce que dans le Demi- Vifirat le feu Roy étoit fouvent mal informé de beaucoup de faits très-importans, & de ce que en chaque afaire ordinaire ou extraordinaire, il n'étoit fecouru le plus fouvent, que par un feul home, qui non-feulement étoit moins éclairé qu'un Confeil entier, mais qui étoit encore fort fouvent plus intereffé à lui faire prendre les mauvais partis, qu'à luy faire prendre les meilleurs; de forte que l'on doit être étonné qu'avec une forme de Gouvernement auffi imparfaite, il n'ait pas fait plus de fautes & qu'il ait pu luy feul refifter à tant de grandes Puiffances, qu'il s'étoit attirées pour ennemis, à tant de mauvais confeils, à

tant de flateurs habiles & intereſſez à le corompre. Que
n'auroit-il point fait pour ſa gloire & pour nôtre bonheur, luy qui avoit de ſi bones intentions, ſi à la mort
du Cardinal Mazarin il eût conu les grans avantages
qu'il pouvoit eſperer de la *Polyſynodie* ?

Come il peut ariver que dans les Regnes futurs
quelque favori, ou quelque favorite voudra s'éforcer
de rétablir en France le Gouvernement des Maires du
Palais, & que quelqu'un de nos Rois futurs, faute de
conoître ni ſes veritables interêts, ni les interêts de la
Nation, pouroit un jour être tenté de renverſer l'ex-
célente forme de la *pluralité des Conſeils* : j'ay crû qu'il
étoit trés-important pour le ſervice de l'Etat de met-
tre entre les mains des bons François un Diſcours a profondi ſur les grans avantages que leur Roy en doit tirer
de ſon côté, & qu'ils en peuvent atendre du leur, afin
que l'opinion la plus ſaine puiſſe prendre des racines profondes dans tous les eſprits, & qu'il ſoit ainſi plus facile
aux gens de bien de détourner alors par leurs conſeils un
coup qui ſeroit ſi pernicieux pour la Nation, ſi dangereux pour le Roy luy-même, & ſi funeſte un jour à la
Maiſon Royale.

Ce Diſcours a deux Parties. La premiere contient en
détail les avantages de la *Polyſynodie* au deſſus du *Viſirat*
& du *Demi-Viſirat*. La ſeconde contient les Objections
qui m'ont été faites & les Eclairciſſemens qui m'ont pa-
ru propres pour perfectioner la *Polyſynodie*.

Je deſire extrémement que pour éclaircir la matiere,
quelqu'un écrive, non contre moy, car il ne faut point
deſirer de diſputes perſoneles, mais contre ce Memoire.
Je ſai bien que les Ouvrages de Politique ſont très-ſuſ-
ceptibles des ornemens de l'Eloquence, & qu'un Diſ-

cours oratoire fait beaucoup d'impreſſion ſur le comun des eſprits : mais la métode des Orateurs me ſemble plus propre à exciter les ſentimens & à fortifier les paſſions qu'à faire naître des idées juſtes & préciſes, & qu'à augmenter la lumiere du Lecteur ; elle eſt beaucoup plus propre à perſuader le cœur par un arangement déli- cat de peintures vives & animées, qu'à convaincre l'eſ- prit par un enchainement cotinuel de raiſonnemens juſtes & ſolides ; ainſi je m'en tiens à la ſorte d'Eloquen- ce qui eſt propre aux Geometre, & à leur métode qui eſt ſimple & qui a une grande comodité, c'eſt que l'eſprit du Lecteur n'étant point ébloüi par des images trop vives & trop ſeduiſantes, il lui eſt trés-facile de demêler ſi la preuve de la propoſition n'eſt qu'un ſo- phiſme, ou ſi c'eſt une veritable demonſtration, co- modité qu'il ne trouve pas dans un Diſcours oratoire, où la preuve eſt ſi envelopée d'images, & de figures, ſi mêlée de bons & de mauvais raiſonemens, qu'à moins que d'en faire l'analyſe, exacte, il eſt impoſſible d'en conoître la veritable force & la veritable valeur ; auſſi voit-on que la réputation de ces beaux Diſcours ora- toires ne dure, que tant qu'il n'en paroit pas un plus beau par un Auteur qui entreprendroit de prouver le contraire, au lieu qu'une verité une fois bien démontrée demeure démontrée pour toûjours, & pour tous les Lecteurs.

Cette conſideration fait que je me trouve obligé de prier ceux, qui après avoir lû mon Ouvrage ſoûtenant encore le ſyſtême du *Viſirat* ou du *Demi-Viſirat*, vou- droient écrire contre la *Polyſynodie*, de ne ſe ſervir contre moi que de la même métode, dont je me ſers contr'eux & de ſe reſoudre à combatre ainſi à armes

égales, & à proceder non avec l'emphafe des Declama-
teurs, ni avec les traits fins d'une Satyre enjoüée &
delicate, qui divertiffent fans prouver, mais à proceder fimplement & métodiquement en divifant, en
définiffant, & par les termes vulgaires, mais neceffaires
de *Primò* & de *Secundò*, afin que le Lecteur puiffe plus
comodément comparer leurs preuves aux miennes, ou
fi l'on veut, mes Objections aux leurs, enfin les avantages d'un fyftême à un fyftême contraire.

Au refte je ne regarde ce Difcours que come une
ébauche, Je n'ai pas eu le loifir de l'abreger, ni d'en
aranger les parties, comme je l'euffe defiré; mais les
vûës principales s'y trouvent, & c'eft affez pour les
bons efprits qui n'ont d'autres interêts dans cete queftion, que de voir la verité bien démontrée.

PREMIERE

PREMIERE PARTIE.

Avantages de la POLYSYNODIE, *tant sur le* VISIRAT, *que sur le* DEMI-VISIRAT.

S'IL est vrai que d'un côté dans la *Polysynodie* il y ait un grand nombre d'avantages considerables pour le Roy & pour l'Etat, qui ne se trouvent ni dans le *Visirat*, ni dans le *Demi-Visirat*, & que de l'autre il n'y ait aucun avantage considerable ni dans le *Visirat*, ni dans le *Demi-Visirat*, qui ne se trouve dans la *Polysynodie*; il est évident que cete forme de Gouvernement est de beaucoup préferable aux deux autres : or nous alons montrer qu'il y a beaucoup d'avantages dans la *Polysynodie* qui ne se trouvent point dans le *Visirat*, & qu'il n'y en a point dans le *Visirat*, &c. qui ne se trouve dans la *Polysynodie*; donc la *Polysynodie* est de beaucoup préferable. Voyons en détail ces avantages.

AVANTAGE PREMIER.

Les Résolutions de l'Etat seront moins souvent fondées sur des erreurs de fait, & par conséquent beaucoup moins fautives.

Je supose qu'il soit question de déliberer si l'on entreprendra la Guerre contre un Souverain, si l'on conclura une Ligue avec un autre à certaines conditions,

A

le bon ou le mauvais parti que le Monarque peut pren-
dré dépend de la conoiſſance d'un grand nombre de
faits qui ſont importans à la déciſion : ſi celui qui
fait le raport de l'affaire en ignore quelques-uns, s'il
en ſupoſe inocemment d'autres vrais, qui ſoient faux,
s'il en cache artificieuſement une partie, s'il déguiſe
l'autre, s'il fait ſon raport au Roi en particulier & ſans
témoins, & ſi le Roi ne peut conoître la verité de ces
faits que par un ſemblable raport, il a beau avoir l'eſprit
juſte, il ſera dans la neceſſité de prendre ſa reſolution
en ſupoſant ce raport veritable; de ſorte que ſoit que
le Miniſtre ou le Raporteur ſoit trompeur, ſoit qu'il ſoit
le premier trompé dans les faits qu'il raporte, le Roy
ſera trompé, & prendra le moins bon ou le plus mauvais parti par erreur de fait.

Qu'il ſoit queſtion de choiſir entre deux entrepriſes,
quelle ſera la plus utile, & la moins de dépenſe, qu'il
ſoit queſtion de choiſir entre les divers moyens de parvenir à un but, qu'il ſoit queſtion de choiſir les meilleurs Officiers Generaux, les meilleurs Intendans, les
meilleurs Negociateurs, &c. qu'il ſoit queſtion de choiſir entre diverſes manieres de lever un ſubſide, &c.
Enfin on peut dire que la plûpart des reſolutions que
le Roi peut prendre pour le Gouvernement du Roïaume, dépendent de la conoiſſance des faits: on peut dire
même en general, que l'on ne prend gueres d'opinions
vraies ou fauſſes, qu'en ſupoſant pour vrais des faits
qui ſouvent ſont tres-faux: or dans ces circonſtances il
eſt évident que le Roy ne conoiſſant les faits déciſifs,
que par un ſeul home, qui lui parle ſans témoins, ſera neceſſairement beaucoup plus ſouvent trompé, que
ſi ce même home parloit toûjours au Roi en preſence

de plufieurs perfones. 1º Parce qu'il prendroit plus de
foin de s'inftruire mieux des faits, & de les raporter
avec exactitude, de peur d'être accufé d'une negligence honteufe 2º Parce qu'il craindroit d'être découvert,
& condané come prévaricateur, s'il les déguifoit avec
artifice. 3º Parce que fupofant dans le Confeil huit ou
dix homes fort habiles & fort inftruits, plufieurs d'entr'eux feront en état de montrer la fauffeté de plufieurs
des faits qu'il donnera inocemment pour vrais. 4º Ces
Confeillers de l'Etat feront même d'autant mieux inftruits de ces faits, fi chacun d'eux a été chargé tour à
tour de la même efpece d'affaires, dont eft chargé le Raporteur, come je le dirai bientôt.

Or come la plûpart des réfolutions des Confeils font
fondées fur la fupofition de plufieurs faits, & come il
y aura dans les Opinans, qui s'éclairciront tous les
jours les uns les autres, beaucoup moins d'erreurs de
fait, on peut dire que les réfolutions qui regardent le
Gouvernement de l'Etat, feront beaucoup moins fautives, & que par confequent l'on y prendra beaucoup
plus fouvent le meilleur parti que l'on puiffe prendre
en chaque affaire.

Quand même le Raporteur auroit un interêt fecret
de déguifer la verité, il ne le tentera pas, de peur de le
tenter inutilement, & de paroître à l'Affemblée fufpect de diffimulation & de déguifement dans fes raports ; ainfi les décifions des affaires foufriront beaucoup moins des erreurs de fait.

Come il eft extrêmement de l'interêt des *vifirs* &
des *Demi-vifirs*, de demeurer toûjours maîtres des faits,
ils n'ont garde de lire au Roy les Dépêches qu'ils re-
çoivent foit des Intendans, foit de Comandans, foit

des autres perſonés ou publiques ou particulieres des
Provinces : ils ſe contentent d'en lire des extraits con-
formes à leurs deſſeins ; & pour s'autoriſer à ne doner
que des extraits, ils diſent que la plûpart des dépêches
ſont exceſſivement longues & ennuyeuſes, chargées
de faits & de raiſonemens inutiles, & que le Roy n'a
pas le loiſir d'en entendre lire la dixiéme partie : or il
n'en ſera pas ainſi dans la *Polyſynodie* ; chaque Conſeil
aura aſſez de loiſir pour faire lire publiquement toutes
les dépêches importantes en entier, & ainſi la pernicieu-
ſe coûtume des extraits étant abolie, les reſultats des
Conſeils ne ſeront plus ſi ſouvent fondez ſur des erreurs de fait, ou ſur les déguiſemens du *viſir*, ou du
Demi-viſir, qui a très-ſouvent un interêt particulier
opoſé à l'interêt public. Premier Avantage de la *Po-
liſinodie* ſur le *viſirat*.

AVANTAGE II.

Plus de lumieres ſur les expediens.

1° Il y a beaucoup d'afaires, où il s'agit de trouver les
meilleurs expédiens pour éviter, ou pour diminuer un
mal, pour procurer, ou pour augmenter un bien : or
n'eſt il pas évident que dix perſonnes trouveront plus
d'expediens, les diſcuteront avec plus d'exactitude,
& les choiſiront avec plus de ſûreté en conferant les
uns avec les autres, que ne feroit l'un d'entr'eux, ſurtout ſi on les ſupoſe à peu prés également clairvoyans ?
Et en ſupoſant entr'eux cette preſque-égalité de lumieres, je ne ſupoſe rien qui ne ſoit trés-poſſible ; & je
montrerai ailleurs qu'il ſera très-facile au Roy de choiſir avec ſûreté les meilleurs eſprits entre les bons : or

on peut dire que les meilleurs font à peu près égaux , & fi quelqu'un voit plus clair que fon camarade dans une efpece d'afaires, ce camarade voit plus clair que luy dans une afaire d'une autre efpece.

2°. Come on lira dans les Confeils les dépêches entieres fur les afaires importantes, on y trouvera fouvent des expediens d'autant plus dignes d'atention, qu'ils feront propofez par ceux qui feront fur les lieux, & qui véront par confequent les afaires de plus près.

3° La contradiction dans les opinions eft une des fources les plus fécondes de la lumiere : ceux qui font contredits & piquez cherchent de nouvelles preuves, & font pour y réüffir des éfors d'efprit, qu'ils ne feroient jamais autrement, & fouvent la verité, ou du moins la demonftration de la verité demeureroit cachée fans ces éfors : or il n'y a point de fufifante contradiction qu'entre égaux : un Monarque qui travaille feul avec un *Vifir*, peut-il efperer de nouvéles lumieres par la voïe de la contradiction? Je fai bien que le feu Roy tenoit quelquefois des Confeils, mais les Confeillers n'étoient pas entierement libres ; ils dépendoient trop des principaux Miniftres, & par confequent ils n'avoient pas liberté entiere de les contredire.

4° Que dans un Confeil il fe trouve un efprit un peu plus élevé, un peu plus jufte que les autres, il comuniquera infenfiblement fa maniere de penfer à ceux qui le fuivront de prés ; & fera croître ainfi leur efprit, & ceux-cy devenus plus éclairez ferviront quelquefois à leur tour à remétre cet efprit fuperieur luy-même dans le droit chemin, lorfque faute d'atention il s'en fera égaré. Second avantage de la *Polyfynodie* fur le *Vifirat*, & fur le *Demi-Vifirat*.

AVANTAGE III.

L'interrêt particulier s'opofera moins fouvent à l'interrêt
public.

Le but des déliberations du Confeil doit toûjours
être *le plus grand interêt du Roy & de l'Etat.* Ce qui peut de-
tourner de ce but celui qui opine, c'eft quelque interêt
particulier qui fe trouve fouvent opofé dans l'Opinant
à l'interêt public: or le Miniftre qui opine fans témoins
devant le Roy, peut facilement fur divers expofez
falfifiez, fur divers pretextes plaufibles, déterminer le
Roy à une Guerre injufte & odieufe, ou à quelque entreprife incomparablement moins utile qu'une autre,
& cela parce que ce Miniftre y trouve fes interêts particuliers. Nous n'avons eu que trop d'exemples dans le
Regne précedent des maux que l'interêt particulier des
Miniftres & leur jaloufie ont produits contre l'interêt
du Roy & de l'Etat. Je ne cite aucun de ces exemples,
parce que je ne veux déplaire à perfone fans neceffité,
& qu'il n'eft pas neceffaire d'exemples pour voir qu'il
eft tres naturel, & que rien n'eft plus ordinaire qu'un
Miniftre ait des paffions, qu'il cherche, par exemple,
à élever fa Maifon, qu'il aime fes parens, fes amis,
qu'il haïffe fes ennemis, qu'il craigne & qu'il cherche
à détruire fes concurens, & qu'il cherche d'autant plus
à les détruire, qu'ils font plus en faveur, & qu'ils ont
plus de talens & plus de reputation : or qui ne fait que
tous ces interêts particuliers fe rencontrent tous les jours
en cent afaires ou particulieres, ou generales directement opofez à la juftice & au bien public.

Je fai bien que les Confeillers des Confeils feront des
homes come ces *Vifirs* & come ces *Demi-Vifirs*, & qu'ils

auront fouvent des interêts particuliers opofez à l'interêt public, je croi bien même que tel d'entr'eux prefe-
reroit volontiers en opinant fon interêt au bien de l'Etat
s'il le pouvoit auffi facilement & auffi impunément
qu'un Vifir ou un Demi-Vifir, qui opine fans témoins;
mais opinant dans une Affemblée, dans laquelle tous
les Confeillers feront trés-clairvoyans, & n'auront pas
pareil interêt particulier opofé au bien de l'Etat, il eft
vifible qu'il entreprendroit inutilement de perfuader
les autres, & qu'en fe rangeant du mauvais parti, il n'y
gagneroit rien, que de fe rendre fufpect de corup-
ption & d'infidelité: il pouroit manquer à fon devoir,
s'il n'avoit point d'obfervateurs; mais il ne le tentera
jamais, quand il aura de pareils obfervateurs: il fera
alors de neceffité, vertu, & fe fera même honeur de
facrifier publiquement à l'interêt public fon interêt particulier: ce fera à la verité un hypocrite en fait de zele
pour la Patrié, mais ce fera une hypocrifie parfaite &
conftante: or une imitation conftante & parfaite de la
vertu aura dans céte ocafion à peu prés le même éfet
pour le bien de la Societé, que la vertu même; c'eft
qu'alors l'interêt de conferver fa reputation, qui eft
un interêt particulier trés-fort, le fera agir conftament pour l'interêt public, & céte confideration, *Que*
l'home agit trés-diferament quand il a beaucoup de témoins
clairvoyans juges de fa conduite, que quand il n'eft vû, jugé,
condané de perfone, métra toujours une diference infinie
entre le *Vifirat* & le *Demi-Vifirat*, d'un côté & la *Poly-*
synodie, de l'autre, par raport à l'interêt du Roy, & au
bien de la Patrie, & fera toûjours un avantage inefti-
mable de la *Polifinodie* fur toute autre forme de gouvernement.

AVANTAGE IV.

Excès dans les Subsides moins à craindre, Deniers publics plus utilement employez.

1°. On peut voir les Taxes & les Subsides portez à un excès insuportable ; & cela moins par les veritables besoins de l'Etat, que par une trop grande facilité du Prince à faire des dépenses inutiles, & à créér des Pensions qu'il faut prendre sur de pauvres familles, dont le travail soûtient l'Etat : or le Roy évitera de pareilles dépenses, & ne donnera pas le quart de ces Pensions, s'il peut connoître par une voïe sûre l'extrême misere où ces dépenses & ces Pensions jettent la plus grande partie de ses Sujets ; & n'est-il pas évident que tout un Conseil craindra moins de doner au Roy une pareille conoissance, & la lui donera plus facilement & plus hardiment, par les differens raports simples des faits qui se feront devant lui, qu'un *Visir* ou un *Demi-visir* flateur, qui craindroit même d'être chassé en faisant de pareilles representations ?

2°. Les Visirs & les Demi-Visirs, qui ont dans leur Département les Bâtimens, les Fêtes, les Extraordinaires de la Maison du Roy, peuvent beaucoup profiter en diferentes manieres dans ces dépenses extraordinaires ; ainsi ils n'ont garde de rien representer, qui puisse en détourner le Roy : cependant il arrive que ces dépenses excessives en choses inutiles mettent le Roy hors d'état de doner ordre dans la suite à des choses très necessaires & de la derniere importance pour son propre interêt. 3°. Les Conseillers du Conseil de Finance païent leur part des Subsides, & n'ont nule part au profit de la dépense ; ils seront donc plus *interressez* à

doner

doner au Roy la conoiffance exacte de la mifere des Peuples, que ne feront des Demi-Vifirs.

4° Il y a dans l'Etat des dépenfes extraordinaires très-utiles à faire, qui ne peuvent gueres fe faire que fur les deniers, qui reftent tous les ans après le courant des charges & des detes ordinaires entierement aquité : or s'il y a un Confeil, où toutes les entreprifes extraordinaires, où tous les établiffemens nouveaux propofez foient mis par rang felon le plus ou le moins d'utilité que le Roy & l'Etat en doivent atendre, le Roy inftruit par ce Confeil, du grand profit qui lui reviendra du projet le plus utile, fera bien plus difpofé à emploïer l'excedent des deniers publics à cet établiffement avantageux, qu'à les emploïer à des dépenfes inutiles ; de forte que l'on peut dire que la *Polyfynodie* eft bien plus propre que le *Vifirat* & le *Demi Vifirat* à entretenir la liaifon facrée qui doit toûjours être entre les projets de celuy qui gouverne, & les interêts de ceux qui font gouvernez, & que par confequent l'excez des Subfides fera moins à craindre, & que les Deniers publics feront plus utilement employez.

AVANTAGE V.

Il fe fera plus de Reglemens & plus d'Etabliffemens.
utiles.

Dans le *Vifirat* & dans le *Demi-vifirat*, il fe propofe fouvent des Reglemens & des Etabliffemens très-defirables pour l'Etat ; mais comme les *Vifirs* & les *Demi-vifirs* font furchargez des afaires courantes & preffées, ils n'ont pas affez de loifir pour confiderer murement tous les motifs d'une propofition nouvelle, pour en ba-

B.

lancer fcrupuleufement tous les avantages contre les
defavantages, & pour en examiner atentivement les
moyens de l'executer: ce loifir, qui eft abfolument
neceffaire pour cet examen, n'eft point en leur pouvoir, au lieu que dans la *Polyſinodie* les affaires courantes & ordinaires étant partagées à foixante Miniſtres, chacun d'eux a vingt fois, trente fois plus de loifir à doner à l'examen des propofitions nouvelles.

2º Un *Viſir* ou un *Demi-viſir*, a fouvent un interêt
fecret pour s'opofer à un bon Reglement, à un bon
Etabliffement: or dans la *Polyſynodie* fi une entreprife
falutaire n'eft pas propofée par un des Membres, qui a
un interêt fecret de ne la pas propofer, elle pourra être
propofée par un autre, qui n'aura point de pareil interêt, & tel qui n'auroit point voulu fe charger de la
propofition, n'ofera s'y opofer en plein Confeil, de
peur d'être foupçoné de préferer honteufement un le-
ger interêt particulier à un grand interêt public.

3º Souvent un *Viſir* ou un *Demi-viſir* rejete un bon
Reglement, un bon Etabliffement par des préjugez
mal fondez, & ces préjugez arêtent tout, parce qu'il
n'eft permis à perfone de les combatre avec force: or
dans un Confeil où les Confeillers *feront indépendans
les uns des autres*, ces préjugez mal fondez font difcutez
& examinez avec liberté, ils font éclaircis peu à peu, &
ceffent enfin d'être obftacle aux bons Reglemens.

4º Souvent un *Demi-viſir* s'opofe par jaloufie à un
bon Reglement, à un bon Etabliffement que propofe
fon Concurrent, de peur que ce Concurrent n'en reti-
re beaucoup d'honeur par le fuccès, en procurant à l'E-
tat beaucoup d'utilité: or dans la *Polyſynodie* celui, qui
par pure jaloufie, & fans en avoir de bonnes raifons,

s'opoſeroit à un bon Reglement, à un bon Etabliſſement, craindroit que ſa jalouſie ne fut découverte en
plein Conſeil, & ne s'y opoſera pas ouvertement ;
quand il véra que la pluralité des ſufrages ne lui ſera
pas favorable, & que ſon opoſition ne lui pourroit
atirer que du blâme.

5° Il peut arriver qu'il y ait des Reglemens & des Etabliſſemens très utiles, qui demandent encore plus de
diſcuſſion & de loiſir que n'en ont les Membres de
diferens Conſeils ; mais le Regent y a ſagement pourvû par le nouvel Etabliſſement du Bureau de *l'Examen
des Memoires Politiques*, ſur tout lorſque cet établiſſement
aura ateint la perfection, que l'on peut aiſément lui
doner : j'en propoſe les moyens dans le Diſcours de
l'Importance du Progrés de la Politique. or il n'eſt pas dificile
de comprendre qu'un pareil Bureau ne ſeroit jamais
propoſé ni agréé par aucun *Viſir*, ni par aucun *Demi-Viſir*, & qu'un pareil Etabliſſement ne peut ſe former que dans la *Polyſynodie*.

On peut donc conclure de tout cecy que cette forme
de Gouvernement produira beaucoup plus de Reglemens & d'Etabliſſemens utiles, que ne peut jamais faire
ni le *Viſirat*, ni le *Demi-Viſirat*, ce qui eſt un prodigieux
avantage.

AVANTAGE VI.

Les Rois ſeront plus inſtruits de leurs affaires.

Un Viſir, un Demi-Viſir pour avoir plus d'autorité,
& pour tirer plus de gloire de leur Gouvernement, ont
grand interêt que le Roy ne connoiſſe point les affaires
de l'Etat, qui ſont ſes propres afaires, & qu'il a interêt
de rendre tous les jours meilleurs ; ils ont grand interêt

qu'il se livre tout entier à ses amusemens & à ses plaisirs ;
& persone n'ignore que les Visirs du siécle passé n'ont
pas manqué, & que les Visirs futurs ne manqueront
jamais à suivre de ce côtè-là leur interêt particulier ;
cependant chacun sait combien les afaires publiques
soufre de l'ignorance & de la faineantise du Monarque,
& combien il en soufre luy même, soit par la grande dépendance où il se met, soit par le peu de consideration
où il est dans les Péïs étrangers & dans son propre Etat ;
car enfin on peut dire avec fondement que le *Visir* qui
gouverne, ne sauroit jamais augmenter sa gloire & son
autorité, qu'aux dépens de la gloire & de l'autorité de
celui qui devroit gouverner.

C'est tout le contraire dans la *Polisinodie:* les Conseillers des divers Conseils ont tous grand interêt que le Roi
y assiste souvent, parce que chacun d'eux cherche à en
être distingué ; ils l'inviteront donc souvent d'y assister :
or il ne sauroit y assister souvent sans s'instruire ; il
s'instruira donc davantage, ses afaires en iront mieux,
& son peuple en sera plus heureux.

AVANTAGE VII.

On aura moins de facilité à tromper le Roi, pour le faire agir
contre ses propres interêts.

Ces diférens Conseils n'empêcheront pas le Roi de
faire tout ce qu'il voudra, mais ils le préserveront souvent de vouloir des choses qui seroient fort nuisibles à
sa reputation & à son plus grand bonheur, c'est qu'ils
porteront sans cesse le flambeau de la verité devant lui
pour lui aider à prendre le meilleur chemin, à choisir
le meilleur parti, & pour l'empêcher à force de lumieres, de tomber dans les pieges que lui tendent

fans cefse des gens intereffez à le tromper, l'habitude qu'il aura de metre en déliberation, & de renvoyer à quelque Confeil toutes les demandes, toutes les propofitions qui regardent l'Etat, l'empêchera de faire à beaucoup près, autant d'injuftices involontaires dans la diftribution des recompenfes de l'Etat, & de s'embarquer dans ces entreprifes témeraires & pernicieufes, où s'embarquent les Rois qui confultent rarement les lumieres de leurs Confeillers.

AVANTAGE VIII.

Le Vifirat *ni le* Demi-Vifirat *ne peuvent fe perfectionner, au lieu que la* Polyfynodie *peut fe perfectioner tous les jours.*

1° Un Vifir habile & vertueux peut fucceder à un Vifir malhabile & vicieux, mais le Vifirat ne fe perfectione pas pour cela. Ce Vifir vertueux fera des Reglemens fages, & des Etabliffemens utiles; mais fon fucceffeur corrompu renverfera pour un petit interêt particulier ce que fon prédeceffeur avoit fagement établi pour l'interêt public.

2° La plû-part des Etabliffemens les plus utiles coûtent d'abord, & ne doivent raporter leur profit que long-temps après: il faut faire la dépence de labourer, de femer, pour recuëillir dans le temps de la recolte: or un Vifir fucceffeur, qui ne voit dans un pareil Etabliffement aucune gloire pour luy, mais au contraire beaucoup de gloire pour un prédeceffeur, dont il a interêt de diminuer la reputation, fongera bien plus à le renverfer qu'à les proteger. Il feroit aifé de citer icy des exemples; mais la chofe fe prouve d'elle même, & il ne faut pas déplaire fans neceffité aux heritiers inocens de Vifirs coupables : que fi j'en ay ufé autrement dans quelques autres endroits, c'eft que pour montrer une verité très-importante au bien des vivans, j'ay été forcé de paffer pardeffus quelques legers interêts de quelques particuliers morts.

3º Un Vifir qui aimera la Guerre, fuccedera à un Vifir qui aimoit les Arts, le Comerce, les Manufactures, la Police interieure de l'Etat, & tous les avantages que produit la Paix. Il doit ariver alors, même fans aucune jaloufie de reputation, que tous les Etabliffemens du prédeceffeur feront négligez, détruits, & que tous les Etabliffemens, qui regardent la Guerre, feront augmentez & favorifez ; c'eft que dans le *Vifirat* les Vifirs font mortels, les homes fe fuccedent, mais les maximes ne fe fuccedent point ; au lieu que dans les Compagnies de la *Polisynodie* il fe forme fans y penfer certaines maximes, tant par l'evidence des raifons, que par le fuccés des experiences ; maximes qui fe fuccedent par tradition, & qui fe fucent peu à peu par ceux qui entrent dans ces Compagnies, elles fe tranfmétent des vieux aux jeunes, & deviénent auffi durables que la Compagnie même ; ainfi on peut dire que malgré la mort des homes les bones maximes deviénent immortelles, & que les mauvaifes maximes perdent peu à peu de leur credit par la fimple comparaifon que l'on en fait journellement avec les bones.

4º Non-feulement les bones maximes démurent fermes & les mauvaifes fe détruifent, mais les Compagnies inventent tous les jours quelque chofe de nouveau, foit pour rendre le travail de la Compagie plus facile & plus utile, foit pour avoir des informations plus précifes & mieux circonftanciées des Intendans, & des autres Oficiers employez dans les Provinces, foit pour diminuer par des Reglemens ou plus clairs, ou plus étendus, le nombre d'afaires qui fe prefentent à ce Confeil, foit pour expedier les afaires plus promptement: or dans un Confeil immortel on a cet avantage, que ce qui a été une fois inventé de bon & éprouvé par l'experience, y fubfifte toûjours; & c'eft ainfi qu'il eft impoffible que la *Polyſynodie* ne fe perfectione pas tous les jours, au lieu que le *Viſirat* & le *Demi-Viſirat* peuvent autant empirer tous les jours, que fe perfectioner. Ce qui eft un avantage immenfe d'une forme de Gouvernement fur l'autre.

AVANTAGE IX.
Moins d'injuſtices & de vexations de la part des plus forts.

10 Le Gouvernement le plus defirable eft celuy, où le Trône eft plus acceffible à la verité & à la juftice en faveur des plus foibles, qui fe croyent oprimez & vexez par les plus forts : la vexation, l'opreffion chaffent du Royaume les anciens Sujets, au lieu que la juftice & la protection des foibles y en atirent de nouveaux : or n'eft-il pas vifible qu'en augmentant le nombre des Miniftres, on augmentera cete *acceffibilité* fi defirée par les Sujets ?

Il eft vrai que dans un Païs, où l'on écoute plus facilement les plaintes qu'ailleurs, il y a plus fouvent des plaintes mal fondées, qui font elles-mêmes de petites injuftices; mais on m'avoüera auffi qu'il y a dans ce même Païs beaucoup moins de vexations & de grandes injuftices, que par tout ailleurs : ce qui eft un point effentiel au bon Gouvernement.

2º Les plus forts, les plus puiſſans d'un Etat, ce
ſont ordinairement les Miniſtres : il y a eu dans les
Regnes précedens des vexations & des perſécutions de
leur part, parce qu'il n'y avoit point de protecteurs
aſſez zélez ou aſſez puiſſans pour oſer ſe mêler de pro-
téger la juſtice contre de pareils perſecuteurs ; mais
heureuſement par la pluralité des Conſeils, il y a beaucoup de Miniſtres aſſez puiſſans, & qui n'ont rien à
craindre en protégeant la juſtice ; ainſi elle ſera beaucoup plus protégée : & comme un Miniſtre colere &
vindicatif peut craindre la protection que ſes Colégues
doneroient à ceux qu'il voudroit perdre, il retiendra
plus ſouvent ſa colere & ſes reſſentimens, que ne feroit
un *Viſir* ou un *Demi-viſir* ; ainſi il y aura beaucoup
moins de vexations & d'injuſtices criantes dans la *Polyſynodie*, que dans le *viſirat* & dans le *Demi-viſirat*.
Autre Avantage conſiderable.

AVANTAGE X.

*Plus de Gens de Qualité s'apliqueront, & avec plus de ſuccés
aux afaires du Gouvernement.*

1º. Les Viſirs & les Demi-Viſirs ont grand interêt
de ne pas métre dans les Bureaux des Gens de Qualité,
qui pouroient dans la ſuite les ſuplanter par leurs talens & par leurs amis, ou du moins leur ſucceder au
préjudice des propres enfans de ces Demi-Viſirs, il eſt
donc naturel qu'ils y placent des perſones de peu de
naiſſance : & il arive même que les Gentilshomes, à
qui on ofriroit ces Places, les refuſeroient ſouvent,
non par la baſſeſſe de l'Employ, qui eſt en ſoy trés-
important & trés-noble par raport au ſervice du Roy

&

& de l'Etat, & qui demande beaucoup d'intelligence, & beaucoup d'honeur & de probité, mais par la ré-pugnance qu'ils auroient de n'avoir pour camarades que des gens considerez dans le monde come d'honêtes Valets entierement dévoüez, non au Roy, non à l'E-tat, mais à leurs Maîtres.

Il ne faut donc pas s'atendre que la Noblesse ait beau-coup de part au Gouvernement dans le *visirat* ou dans le *Demi-visirat*. Cependant on sait que c'est dans ce Corps où l'on trouve plus d'honneur, plus de fidelité pour le Roy, plus d'amour pour la Patrie, plus de grands genies, plus d'éducation, plus de grands senti-mens, plus d'inclination pour la vertu, & plus de qua-litez propres à faire respecter & aimer le Ministere. Or dans la *Polysynodie* il y a beaucoup de Places très-considerables, que peuvent ocuper les gens de condi-tion; ainsi il y aura beaucoup plus d'émulation entr'eux pour mériter un jour par leurs talens & par leur apli-cation aux afaires publiques, quelques Places dans les Conseils, qu'il n'y en peut jamais avoir dans le *Visirat*, ni dans le *Demi-visirat*: & céte émulation va devenir très avantageuse pour le Roi & pour ses sujets.

2° Il y avoit un grand inconvenient dans les Regnes précedens pour ceux qui vouloient étudier avec succés les afaires publiques, ils ne trouvoient que trés dificile-ment les Memoires propres à les métre bien au fait d'une matiere; mais le Regent y a pourvû par l'établissement du Bureau de *l'Examen des Memoires Politiques*, dont j'ay déja parlé: ce Bureau poura faire imprimer de temps en temps sur chaque matiere plusieurs bons Memoires; il demeure donc constant qu'il y aura un beaucoup plus grand nombre de gens de condition, qui s'apli-

C

queront avec fuccés à la conoiffance des afaires publiques, au grand avantage du Roy & du Royaume.

AVANTAGE XI.

*Les diferens degrez de vertu & de talens en chaque Profeſſion
feront plus faciles à conoître.*

Il eſt de la derniere importance pour la force, l'abondance, & la profperité d'un Etat, que tous les Sujets
chacun dans fon Art, dans fon Métier, dans fa profeſſion, dans fa Claſſe, dans fa Compagnie, travaille
continuellement à l'envi l'un de l'autre à furpaffer fes
pareils : je tâcherai de donner ailleurs une idée du prodigieux éfet de céte émulation generale, mais quant
à prefent il me fufit de faire obferver que l'obftacle le
plus grand qui fe rencontre à l'emulation du travail,
c'eſt que les diferens degrez de vertu & de talens utiles
à l'Etat, font trés-dificiles à connoître *exactement* par
ceux qui ont l'autorité de diftribuer les Places & les
Emplois : je dis *exactement*, car quand il y a cent degrez de diference ; les moins clairvoyans aperçoivent
quelque diference ; mais il faut être fort clairvoyant,
quand la diference n'eſt que de deux degrez fur cent,
pour l'apercevoir.

Cependant c'eſt cette connoiffance *exacte* qui doit
être le fondement de la juftice *exacte*, que l'on doit
rendre aux talens & à la vertu des concurens, & c'eſt
céte juftice *exacte*, qui alumera & qui entretiendra dans
chacun le defir *vif & conſtant* de faire plus que fon camarade : ce qui eſt de la derniere improtance pour le
bien du fervice.

Mais qui peut connoître plus exactement ces dife-

rens degrez, que les pareils, qui ont à vivre, à con-
verfer à conferer, à déliberer, à agir enfemble pendant quelques années ? Chacun dans ce tems-là mefure fes camarades, & dans une Claffe compofée de
trente, chacun fe forme bien-tôt l'idée des trois qui
furpaffent les autres, & cete balance qui fe fait dans
l'efprit prefque, fans y penfer, fe feroit bien plus exactement, fi chacun étoit obligé de nomer tous les
ans les trois qu'il croit les plus dignes de monter.

Or cet Etabliffement, qui va à former des Claffes
dans les mêmes Profeffions, dans les mêmes Métiers,
& d'en faire porter tous les ans le Scrutin au Roy; cet
Etabliffement, dont je ne done icy qu'une idée groffie-
re, qui pouroit tous les jours fe perfectioner & qui
obligeroit chacun des concurrens à employer leur tems
non à chercher des Patrons & à acheter des recomandations, mais à chercher par fon travail de nouvelles
lumieres, Cet Etabliffement fi important eft abfolument impoffible dans le *Vifirat* & dans le *Demi-vifirat*;
parce que les Miniftres ont trop d'interêt que le Roy
ne juge de la probité, de l'aplication, du talent de
chaque Sujet, que fur leur ràport; au lieu qu'il fera
trés-facile à former dans la *Polyfynodie*: ce qui met entre ces formes de Gouvernement une diference infinie.

AVANTAGE XII.

Plus d'amour pour la Patrie.

Il eft certain que fi l'on trouvoit le fecret de diftribuer les Emplois, les Honeurs, & les autres récompenfes fans égard pour les recomandations, mais feulement à proportion que chacun des prétendans eft afe-

ctioné au bien de la Patrie à proportion qu'il s'y apli-
que, & à proportion qu'il a des talens ou naturels ou
aquis pour fa Profeſſion; non-ſeulement chacun s'a-
pliqueroit beaucoup davantage à ſon Métier, mais il
ariveroit encore que chacun ſe piqueroit à l'envi d'a-
mour pour la Patrie, & l'on véroit alors beaucoup d'excélens Sujets préferer ſouvent l'interêt du ſervice, l'interêt public à leurs interêts particuliers; c'eſt que la reputation de bon Citoyen devient ſouvent utile à celui
qui l'a aquiſe, & que quand elle ne procureroit pas les
premieres Places, elle ſerviroit toûjours à diſtinguer
un home parmi ſes pareils, & ſur tout à le faire aimer, par les bons Citoyens, qui ſeroient alors en beaucoup plus grand nombre, qu'ils ne ſont aujourd'huy,
& une pareille diſtinction ne ſeroit pas une mediocre
recompenſe de ſa vertu.

On voit aſſez d'un côté combien l'augmentation de
l'amour de la Patrie ſeroit utile au Roy & à l'Etat, &
de l'autre il n'eſt que trop vray que céte vertu eſt deve-
nuë fort rare ſous le *Viſirat*, & ſous le *Demi-Viſirat*:
j'ay vû, par exemple, un excélent Eloge hiſtorique
de feu Monſieur le Maréchal de Vauban, & j'ay vû à
la honte de la Nation & de nos mœurs, que l'Auteur
le loüoit fort d'avoir aimé ſa Patrie.

Le fondement de céte loüange eſt très réel, c'eſt que
les courtiſans habiles ayant apris par leur longue experience, que l'on plaiſoit au Roy, que l'on aquéroit
ſûrement ſon eſtime, que l'on s'atiroit beaucoup de
graces, que l'on faiſoit ſûrement ſa fortune en ſe de-
clarant hautement & promptement pour toutes ſes
entrepriſes & pour tous ſes projets, ils donoient im-
pétueuſement dans toutes ſes fantaiſies, ſans ſe ſoucier

ni de ſes vrais interrêts, ni des interrêts de la Patrie.

Or pour entreprendre de reſiſter à ce torent impé-
tueux de la flaterie, pour détromper le Roy, pour le
remétre dans le chemin de la verité & de la juſtice, il
faloit riſquer de luy déplaire; il faloit riſquer toutes ſes
eſperances tant pour ſoy, que pour ſa famille : & céte
entrepriſe n'étoit-elle pas réellement héroïque, & ne
méritoit-elle pas réellement de grandes loüanges ?

Ce prodigieux nombre de flateurs ocupez à déguiſer
continuellement la verité au Roy étoit le malheureux
éfet de l'opinion que le Roy avoit que pour la diſtribution des Emplois & des recompenſes, il n'étoit pas
neceſſaire de conſulter le choix des pareils, opinion la
plus dangereuſe que puiſſent inſpirer les Viſirs : or la
Polyſynodie étant perfectionée, le Roy écoutera la voix
des pareils dans la diſtribution des Emplois & des recompenſes, & ce ſeul article retranchant de la Cour
un nombre infini d'empoiſoneurs très-corrompus &
très-dangereux, les mêmes Courtiſans pouront devenir par leur interêt d'excelens Citoyens, chacun d'eux
pour s'avancer travaillera à l'envi pour les vrais interêts du Roi & de la Patrie; ainſi l'amour de la Patrie
ne ſera plus une vertu ſi rare, & elle ſera d'autant plus
pratiquée, qu'elle ſera plus ſouvent remarquée, & plus
ſouvent recompenſée par le Roi même.

AVANTAGE XIII.

Grades dans le Miniſtere comme dans l'Epée.

Il n'y a perſone qui ne voye de quelle utilité il eſt
au Roi & à l'Etat, d'avoir établi diferens Grades dans
l'Epée, je veux dire dans les Emplois de Guerre, ſoit

fur terre, foit fur mer : on aprend bien mieux le Métier en paffant par tous les Grades : l'émulation fe met
entre ceux du même Grade, à qui s'y diftinguera par
fon affiduité, par fon application, par fes talens, par
fon courage, par fon obéïffance exacte à la difcipline :
je croi même qu'il n'y a pas encore affez de Grades
dans l'Epée pour un auffi grand Royaume, & pour un
auffi grand nombre d'Oficiers.

C'eft l'efperance de monter au Grade fuperieur, qui
fait furmonter les peines, les incomoditez, les ennuis
du Pofte où l'on fe trouve : ce font ces Grades qui
font que la perte d'un bon Oficier eft bien-tôt reparée
par un autre d'un merite fouvent fuperieur : c'eft cete
efperance qui donne une émulation, un ardeur conftante à tous les Oficiers, & c'eft cete ardeur pour la
diftinction, qui infpire & aux Oficiers & aux Soldats le
courage neceffaire pour vaincre : or diminuer cete efperance par la vénalité, par les furvivances, par les Brevets
de retenuë, par les recomandations de la Cour : c'eft diminuer confidérablement le principal reffort de l'Etat.

Un Colonel comande à un Capitaine plus riche &
de meilleure Maifon que lui, & le Capitaine obéit fans
peine, le Brigadier comande de même au Colonel, chacun obéit de bone grace dans l'efperance de comander
à fon tour, & le fervice de la Patrie fe fait à merveille.
Chaque Enfeigne, chaque Lieutenant peut efperer de
parvenir au Grade fuprême de Maréchal de France, &
c'eft l'efperance de ce Grade fuprême, où chacun peut
arriver par degrez, qui fait le grand reffort de la machine, & ce reffort ne s'aféblit qu'à mefure que la venalité, les furvivances, les Brevets de retenuë, la recomandation empiétent fur la valeur, fur l'aplication,

fur les talens, en un mot fur les qualitez utiles au fervice du Roy & de la Patrie.

S'il faut remplacer un Maréchal de France, vous
pouvez facilement trouver un excélent fujet parmi les
Lieutenans Generaux ; s'il faut remplacer deux Lieutenans - Generax , vous pouvez facilement les choifir
parmi les Maréchaux de Camp les plus eftimez ; ce
Grade inferieur fert come de pépiniere perpetuelle de
bons fujets pour le Grade fuperieur.

Ces grands avantages qui reviennent à l'Etat des diferens Grades établis dans l'Epée , fautent aux yeux
de tout le monde, chacun fe demande pourquoi n'en
établir pas de même dans le Miniftere ? Eft - ce donc
que le bon ou mauvais Miniftere eft moins important
à la gloire du Roi & au bonheur de fes fujets, que la
bone ou mauvaife difcipline Militaire ? Eft ce que l'é-
mulation de probité, de travail, de politeffe, de douceur,
de zéle pour le bien public, ne feroit pas auffi importante dans le Miniftere , que l'émulation de courage,
de fermeté, de patience, d'exacte obeïffance, eft importante à la Guerre ? Rien moins: la feule caufe de
cete diférence, c'eft que l'interêt des Vifirs & des Demi-
Vifirs qui nous ont gouverné jufques icy, étoit directement opofé à un Etabliffement fi defirable ; non feulement ils auroient été éclairez dans leur conduite par
des témoins dangereux & de meilleure Maifon qu'eux,
mais ils auroient craint perpetuellement d'être obligez
de ceder leur Place à ceux qui fe feroient diftinguez
dans les premiers Grades, au lieu que n'emploïant pour
Subalternes que des gens fans naiffance, ils pouvoient
les renvoyer fur le moindre prétexte, dés qu'il leur
faifoient le moindre ombrage.

Aucun Gentilhome même riche ne dédaignera
d'être ou Secretaire ou chef, ou même Secretaire en fecond d'un Conſeiller de l'Etat, ou Secretaire ou Subdelegué d'un Intedant &c. dès que ces Places feront
regardées comme des Grades pour monter aux premieres Places du Miniſtere, de la même maniere que Lieu-
ténant & Capitaine font regardez comme des Grades
neceſſaire pour monter aux premiers honeurs de la
Guerre,

Il y a parmi la Nobleſſe des ſujets qui ont les qualitez propres à reuſſir dans les Emplois du Miniſtere,
qui n'ont pas la fanté, ni les autres qualitez neceſſaires
pour le Métier de l'Epée; les familles s'en ſoutien-
droient mieux, quand quelques uns des Membres prendroit l'un le parti du Miniſtere, l'autre le parti de l'Epée.

Je ne parle point icy de la forme que l'on peut doner à un Etabliſſement qui feroit ſi utile, j'en parle
dans le Memoire ſur *le Progrès de la Politique* : il me ſufit
de faire remarquer que cet Etabliſſement ſi ſalutaire
étoit abſolument impoſſible ſous le *Viſirat*, & ſous le
Demi-Viſirat, au lieu qu'il n'eſt que dificile dans le Sy-
ſtême de la *Polyſynodie* : or cête diference ne ſe peut aſſez eſtimer.

AVANTAGE XIV.

Les Départemens pourront circuler.

Cête vûë de faire circuler les Départemens entre les
Conſeillers d'un même Conſeil eſt dûë au Regent: je
l'ai lûë avec plaiſir dans les Reglemens du Conſeil de Finance ; je fai bien qu'il peut y avoir certains cas où cête
circulation paroîtra peu utile, d'autres où elle n'eſt pas
facile

facile à pratiquer, & d'autres où elle n'eft peut-être
pas praticable dans la Polyfynodie; mais elle n'eft praticable dans aucun cas dans le Vifirat, ni dans le Demi-Vifirat : cependant on va voir que l'on peut tirer de
céte circulation beaucoup de diferentes utilitez.

1°. il y a beaucoup de malverfations importantes
qui peuvent fe cométre par les Comis, je ne dis pas du
Confeil, mais par les Comis, ou les Secretaires des Confeillers de l'Etat : or ces Comis craignant d'être décou-
verts par leurs fuccefleurs, s'abftiendroient de la plûpart de ces malverfations, & fur tout de celles qui feroient importantes & puniflables : cete confideration
montre qu'il eft à propos que les Secretaires fuivent
leurs Maîtres; ce n'eft pas un obftacle invincible, & il
fufira pour métre plus facilement le fuccefleur au fait
des afaires, qu'il travaille avec les Secretaires Principaux, ou avec le Secretaire Principal de fon prédeceffeur pendant les premieres femaines du déplacement;
& afin que les afaires foufrent moins de ces change-
mens, on peut les faire dans les tems deftinez aux Va-
cances de chaque Confeil.

2° Non-feulement les Comis en auront plus d'atention fur leur conduite, mais les Confeillers de l'Etat
en auront auffi fur la conduite de leurs Comis; c'eft que
dans le monde on regarde come une négligence honteufe, & come un manque de difcernement reprocha-
ble d'employer des fripons dans les afaires publiques:
D'ailleurs on fait que les Maîtres, qui ont eu le malheur
de doner leur confiance à de pareils Comis, ne fe pur-
gent jamais bien envers le monde malin du foupçon
d'avoir profité eux ou leur famille, foit directement,
foit indirectement de ces malverfations.

D

3° Non-feulement il y aura beaucoup moins de malverfations de la part des Comis , mais il y aura beaucoup
moins de negligence de la part des Maîtres ; c'eft qu'il
n'y a perfone qui n'agiffe avec plus de circonfpection
pour ne point faire de fautes, quand il doit avoir un fucceffeur qui poura facilement s'en apercevoir & à qui il
faudra, pour ainfi dire, rendre compte, que lorfqu'il regarde fon employ, fon département come fixe & permanent.

4° Il eft certain que le fucceffeur par émulation voudra furpaffer fon prédeceffeur ; la plus fûre maniere de
comparer deux homes, c'eft de leur doner le même
ouvrage à faire : par-là on remarque bien-tôt la diference de leurs talens & de leur genie: or l'on fait que l'é-
mulation pique encore plus les homes de merite, que
l'efpoir de la recompenfe.

5° Il y a des afaires importantes, qu'un Confeiller
de l'Etat negligeroit toute fa vie, foit par des Préjugez
mal fondez, foit à caufe des dificultez qui luy paroif-
fent plus grandes qu'elles ne font en éfet, foit même
par la confideration de quelque interêt particulier: or
le fucceffeur , qui fera ou moins prévenu , ou plus
éclairé, ou plus defintereffé, ou plus laborieux, ne pou-
ra-til pas les entreprendre, & les faire réüffir à l'a-
vantage du public ?

6° Chaque Confeiller de l'Etat ayant changé plufieurs fois de Département, & manié pendant plufieurs années plufieurs efpeces d'affaires, fe trouvera
fufifament inftruit fur toutes celles qui fe propoferont
au Confeil, & fera bien plus en état de prendre par
luy-même le meilleur parti, & de le montrer aux autres , que s'il n'avoit qu'une conoiffance moins claire,

moins exacte de la forte d'afaire, fur laquelle il s'agit alors de déliberer.

7° Il y a fouvent fur la même afaire diverfité d'opinion dans un Confeil : il arive même quelque fois au préjudice de l'Etat, que le plus grand nombre fe trouve pour le moins bon parti : d'où vient céte diverfité d'opinions? Si l'on fupofe dans chacun des Opinans *égalité de zele* pour le bien public & pour la juftice, il eft vifible que céte diverfité ne peut venir que de l'*inegalité de lumiere*, les uns voyant plus clair dans l'afaire, les autres moins clair, parce qu'ils n'ont pas la même experience des mêmes efpeces d'afaires : or par la circulation des Départemens, & par l'étude particuliere que chaque Confeiller aura faite de toutes les efpeces d'afaires qui regardent ce Confeil, les Opinants ayant alors à peu près la même experience des mêmes afaires ; fe trouveront tous à peu prés au même point de vûë par raport à toutes les afaires ; ainfi le plus grand nombre fe trouvera encore plus rarement du mauvais parti.

8° Qu'un efprit d'ordre & de métode, qu'un efprit fuperieur aux autres paffe deux ans dans un département, il en conoîtra fufifament toutes les afaires & laiffera, fans y penfer, à fon fucceffeur dans fes memoires dans fes Regiftres, dans la forme de fes Audiances, dans le travail de fes Comis un arangement, une netteté, qui fans un pareil fecours n'auroient jamais paffé à ce fucceffeur : un efprit fuperieur porte facilement tout ce qui fe prefente à decider jufqu'aux premiers principes, jufqu'aux premieres regles de décifions : il voit dans chaque matiere les fources & les remedes des abus : or n'eft-il pas vifible qu'il eft bien plus utile à l'Etat que cet efprit d'arangement, de métode, de principes & de regles, qui abrege infiniment le nombre & les dificultés des afaires, & qui peut doner les moyens de prévenir les abus, circule dans tous les divers départemens & porte ainfi la lumiere dans toutes les efpeces d'afaires de ce Confeil, que s'il reftoit toûjours dans le même département.

9° L'efprit exerce bien davantage fes forces par l'étude d'une nouvelle efpece d'afaires, que s'il reftoit toujours ocupé de la même efpece, il a befoin d'une nouvelle atention pour fe metre bien au fait, & pour bien entrer dans le principe de la nouvelle efpece, au lieu qu'il agit fouvent fans atention, fans contention, mais feulement par habitude & par routine dans le maniement des afaires qui luy font ordinaires; or qui ne fait que l'atention eft à l'efprit, ce que l'exercice eft au corps, & que c'eft l'atention nouvelle qui augmente la force de l'efprit; & qui le rend tous les jours & plus jufte, en luy donant les moyens de voir les objets ou proches ou éloignés avec plus de clarté & de diftinction? Ainfi on peut dire que chaque Confeiller de l'Etat en revenant aprés quelques anées de circulation à fon premier département, fe trouvera plus en etat de s'en mieux aquiter pour l'utilité publique, que s'il n'en avoit point du tout changé.

Si je fupofe qu'en deux ans d'étude & d'aplication un home d'efprit conoîtra à fonds toutes les efpeces d'afaires de fon département, & que s'il y a dix départemens dans ce Confeil, il peut conoître à fonds toutes les afaires de ces départemens en vingt ans d'étude & de pratique, tant par fes propres lumieres, que par les lumieres de ceux qui y raporteront, & qui y opineront, je ne fupofe rien dont tout le monde ne conviéne.

Je ne dis pas que s'il fût demeuré dans le même département il n'eût acquis plus *de facilité à travailler* fur les
afaires qui en dépendent : il eſt fans doute que l'habitude donc de *la facilité au travail*; mais je dis qu'il eût eu
l'eſprit plus borné & qu'il n'eût pas acquis une conoiſſance ſi exaſte *des raports* que ces afaires ont avec les
afaires des autres départemens; c'eſt cependant la conoiſſance exaſte de *ces raports* qui ſert à juger par des
principes plus élevez & avec plus de fûreté, de ce qui
eſt plus ou moins avantageux à l'Etat; or pour le bien
public ne vaut-il pas mieux que le Conſeiller de l'Etat
decide avec *plus de juſteſſe & de fûreté* dans toutes les eſpeces d'afaires, & qu'il travaille *avec un peu moins de facilité* dans une ſeule eſpece ?

10°. Il y a beaucoup d'afaires importantes où il eſt
queſtion de trouver & de comparer les moyens les plus
propres pour procurer certains biens à l'Etat, de trouver
& de comparer les remedes les plus éficaces pour faire
ceſſer & pour éloigner certains maux; or n'eſt-il pas viſible qu'un eſprit exercé en diverſes eſpeces d'afaires, &
qui aura eu le loiſir de s'en inſtruire à fonds, aura bien
plus d'ouverture pour inventer les bons moyens, & plus
de diſcernement pour juger des meilleurs, que s'il étoit
borné à une eſpece d'afaire ?

11° Quand dans les aſſemblées il y a des voix qui ſont
dépendantes, ou qui ne ſont pas entierement libres, elles ne ſont utiles à l'Etat, qu'autant que celui dont elles
dépendent a de lumiere ou de zele pour l'Etat; mais
s'il manque ou de zele ou de lumiere, ces voix dépendantes ou *non-libres* devienent des voix trés-nuiſibles aux
interêts du Roy & du Royaume : donc plus on ménagera *d'égalité* dans le pouvoir par la circulation des dé-

partemens, plus on ménagera *de liberté & d'independance*
entre les Conseillers de l'Etat. Il y aura alors plus de
contradictions utiles, & par consequent plus de lumieres & plus de sagesse dans les Conseils; or n'est-il pas
visible qu'en faisant circuler les départemens les plus
importans, on verra plus *d'égalité* entre les Conseillers
de l'Etat? ce qui procurera à chacun d'eux plus de *liberté: donc circulation des départemens trés-avantageuse.*

12°. Quelques-uns d'eux voudroient porter cette circulation des départemens jusqu'à la presidence, & la
faire circuler entre les Conseillers d'un même Conseil,
& disent que come il étoit de l'avantage de la Republique Romaine que les Consuls redevinssent simples
Senateurs en atendant un nouveau Consulat, il seroit
de même de l'avantage du Royaume que les Presidens
redevinssent après deux ou trois ans simples Conseillers
de l'Etat, en atendant une nouvelle Presidence : que cet
ordre doneroit plus d'atention aux uns pour mieux user
de leur autorité, & beaucup plus d'émulation aux autres, pour meriter par leurs travaux & par leur politesse
d'être proposez par leurs Confreres pour la Presidence.

Ce seroit, pour ainsi dire, proposer tous les trois ans
un prix considerable à ceux de la Compagnie, qui durant cet intervale se distingueront par leurs vertus, par
leurs talens, & par leur aplication aux afaires publiques;
ce seroit un nouveau ressôrt très-porpre à augmenter
sans cesse le mouvement de la machine politique : car
après tout on sait assés que l'Entrepreneur ne parvient à
augmenter le travail des ouvriers, que lorsqu'il à trouvé
le secret de dóner plus à celui qui travaille plus, & plus
utilement, qu'à celuy qui travaille moins, & moins utilement: or n'est-ce pas procurer un grand avantage à

l'Etat, que de multiplier fans ceffe par la circulation des
Prefidens les éforts & les travaux des foixante excelens
efprits employés aux principales fonctions du Gouvernement ?

Il y auroit encore un avantage dans cette circulation
triénale, c'eft qu'un Prefident trop vieux, ou trop ufé,
que l'on n'auroit jamais ofé déplacer par confideration
pour fes fervices paffez, quitera naturellement fa place
au bout de fes trois ans à un fucceffeur beaucoup plus
capable de rendre à l'Etat des fervices préfens : & cet
article eft plus important que l'on ne peut s'imaginer.

La circulation des Confeillers dans les divers Départemens feroit encore trés-utile pour ceux qui pouroient efperer de devenir Préfidens de leur Compagnie : c'eft que l'on préfide beaucoup plus mieux &
beaucoup plus facilement, quand d'un côté on a été
préfidé, & quand on a eu le loifir de remarquer les
défauts du Prefident, & quand de l'autre on a manié
foy-même quelque tems les diverfes fortes d'afaires
fur lefquelles il s'agit de faire opiner.

Ces mêmes perfones qui propofent de faire circuler
la Préfidence entre les Confeillers d'un même Confeil,
croyent qu'aprés la Minorité il feroit très-à-propos de
conferver le Confeil de Regence, fous le nom de *Confeil
General*, & de le former peu-à-peu des Ex-Préfidens,
pourvû qu'ils euffent affifté au moins pendant un an à
chacun des Confeils particuliers, afin d'être inftruits
plus à fonds de tous les genres d'afaires qui parvienent
à ce Confeil ; ainfi ils voudroient que les Ex-Préfidens
fiffent ainfi leur cours entier de politique pratique
pour devenir plus propre à rendre fervice à l'Etat par
leurs avis falutaires dans *le Confeil General*, lorfqu'ils y

feront apelez pour y prendre une place permanente.

Dans le Confeil General on raporte des afaires très-importantes des huit genres principaux & de toutes les efpeces de ces genres ; ainfi il eft à fouhaiter que chacun de ceux qui peuvent être deftinez à y entrer , ayent eu la comodité de s'inftruire à fonds , non-feulement par la fpéculation , mais encore par une pratique fufifante de toutes les matieres fur lefquelles il faut opiner dans ce Confeil , autrement ils feront dans la neceffité de s'en raporter fervilement aux lumieres des autres , ou de doner leur voix un peu au hazard , au lieu qu'ils ne la doneroient qu'à l'évidence & à la raifon.

On voit, ce me femble , dans la circulation de la Préfidence des avantages confiderables qui ne fe rencontrent pas dans le fyftême de la Préfidence fixe & permanente : & je dirai encore dans les réponfes aux objections de nouvelles raifons qui apuyent ce fyftême , furtout par raport à la durée de la *Polyfynodie* : mais après tout je ne propofe cete circulation que come une vûë pour perfectioner la Polyfynodie en general , fans prétendre en faire d'aplication à la Polyfynodie de la Regence : j'eftime le bon , mais je préfere le meilleur.

Je croi la circulation de la préfidence un article très-important pour la durée de la Polyfynodie en general , & pour exciter & acroître l'émulation dans les Confeils, furtout lorfque par l'étude & le progrés de la politique , & par l'etabliffement de la regle de propofer trois Sujets pour les emplois, l'Etat fera parvenu à remplir les principaux emplois de Sujets égaux ou à peu prés égaux en lumiere , en aplication & en zele pour le bien public : mais come il peut ariver qu'un Etat foit tres-pauvre en Sujets tres-habiles dans la politique , faute de culture de

cette

cete fience, & que l'on n'y ait pas encore établi la regle qui eft la plus propre pour comparer avec exactitude, & pour conoître avec certitude les degrez des talens des Sujets, je croi qu'il feroit trés-utile pour lors, & feulement en ce cas, que le Roi de fon autorité, continuât les Prefidens excélens pendant plufieurs trienats : mais cete exception ne regarde que le comencement de l'établiffement de la Polyfynodie das un Etat.

Au refte quand l'utilité de la circulation de la Préfidence demeureroit douteufe, il refulte toujours des onze autres utilitez que je viens de déduire, que là circulation des départemens entre les Confeillers d'un même Confeil fera à tout prendre trés avantageufe à l'Etat : & come cete circulation n'eft praticable qué dans le fiftême de la *Polyfynodie*, n'eft-ce pas une nouvele preuve que cete forme de Miniftere eft de beaucoup préferable, tant au *Vifirat*, qu'au *Demi-Vifirat*.

AVANTAGE XV.

L'Etat foufrira moins de la maladie des Miniftres.

Dans le gouvernement des Regnes précedens, quand un Miniftre étoit malade, toutes les afaires de fon département reftoient fans mouvement, & c'étoit fouvent ou la moitié, ou le tiers, ou même le total des afaires du Royaume ; ainfi faute d'ordres donez *à tems*, toutes les afaires preffées périffoient, les autres en foufroient un grand préjudice. On prenoit foin de cacher ces pertes ; mais elles n'en étoient pas moins réélles ; ainfi l'Etat devenoit réellement malade de la maladie du Miniftre, & faifoit chaque jour de cete maladie

E

des pertes très-confiderables, au lieu que dans la *Poly-fynodonie* les nouveaux Miniftres ou Confeillers de l'Etat ne font pas chargez chacun de la dixiéme partie des afaires dont étoit chargé *un Demi-Vifir* : un d'eux en tombant malade peut charger de fon département un de fes Confreres, fans rifquer d'être dépoffedé de fon emploi ; ainfi rien ne périt, les ordres font donez à l'ordinaire, l'Etat n'eft plus malade de la maladie du Miniftre, il n'en foufre aucun préjudice confiderable ; le Miniftere devient ainfi en quelque façon immuable, inalterable, immortel.

AVANTAGE XVI.

L'Etat foufrira moins de la Minorité & de la caducité des Rois.

Il eft certain que dans les Monarchies les afaires ont un mouvement plus vif que dans les Republiques, pendant que le Monarque eft laborieux & dans la maturité de fon âge : c'eft qu'à l'interêt comun qui fait agir les Miniftres de la Monarchie avec même force que les Miniftres des Republiques pour le bien public, le Prince joint encore un grand interêt particulier, qui eft l'interêt de fa reputation & de l'augmentation de fon revenu perfonel par l'augmentation de celui de fes Sujets : or on fait que l'interêt particulier donant aux homes beaucoup plus d'activité, done auffi neceffairement aux afaires beaucoup plus de mouvement ; mais il faut avoüer que ce mouvement diminuë beaucoup & fe trouve fouvent très-embaraffé dans les Minorités, dans les caducités & dans les imbecillités des Rois.

Or par l'établiffement de la pluralité des Confeils,

ſurtout ſi par la circulation des départemens l'on conferve aux Miniſtres une *preſque égalité* de pouvoir, on confervera dans les afaires un mouvement preſqu'ègal à celui qu'elles avoient, lorſque la ſanté & la force des Rois ont comencé à tomber ; ainſi le Regent a remedié habilement par l'art de la Polyſynodie aux inconveniens fâcheux où les Monarchies ſont aſſujeties par la nature des Monarques. Car enfin les Rois, come les autres homes, ſont ſujets aux imbecillités d'un âge ou trop foible ou trop afoibli ; mais le Regent en confervant à l'Etat Monarchique tous les avantages qui lui ſont propres, il lui a procuré encore un des principaux avantages de l'Etat Ariſtocratique, qui eſt de n'être point aſſujeti ni à aucune minorité, ni à aucune caducité. Ainſi nôtre *Ariſto-Monarchie* aura toûjours un très grand avantage au-deſſus des Republiques, c'eſt que ſans avoir rien à craindre ni de la foibleſſe, ni de l'afoibliſſement de l'âge de nos Rois, elle poura profiter de toute la force de leur eſprit, de tout leur travail & de toute leur ſageſſe.

AVANTAGE XVII.

L'Etat ſoufrira moins du crédit des femmes.

Si les femmes étoient élevées dans les conoiſſances importantes & ſerieuſes, come les homes ; ſi on leur aprenoit à conoître & à deſirer le bien de l'Etat ; ſi elles conoiſſoient les qualités neceſſaires, ſoit pour un Premier Miniſtre, ſoit pour un principal Miniſtre ; ſi elles pouvoient comparer avec quelque ſûreté les diferens dégrez de ces qualitez dans les diferens Sujets sur qui peut tomber le choix ; si elles savoient que la grande diference qu'il y a entre un bon & un mauvais gouvernement dépend de la diference qu'il y a entre des Ministres mediocres & des Ministres excelens ; si elles se soucioient plus de procurer de grands avantages à l'Etat, que de se servir du Ministre pour satisfaire leurs fantaisies & leurs passions, il seroit très-souhaitable pour le Roy & pour le Royaume qu'elles eussent beaucoup de credit sur l'esprit du Roy dans le choix des principaux Ministres, mais malheureusement il n'en est pas ainsi.

Cependant la nature de la societé est telle, qu'il n'est pas possible que les femmes n'ayent du credit sur les homes à proportion qu'elles plaisent, qu'elles sont entreprenantes, qu'elles sont conduites par gens ambitieux, & qu'elles ont de manége & d'adresse pour profiter des momens favorables, afin de venir à bout de leurs entreprises. Les Rois sont des homes, & encore plus sujets que les autres homes à être gouvernés par des femmes, parce que les plus jeunes & les plus aimables se disputent entr'elles ce gouvernement, & que persone ne peut augmenter sa fortune, ni même la conserver, en s'oposant à la volonté des Princes, & en leur representant la grandeur des fautes qu'ils font contre leurs interêts, quand ils poussent la complaisance pour les femmes jusqu'à les écouter sur le choix ou d'un Ministre principal, ou d'un Premier Ministre, souvent même pareilles representations seroient très-inutiles ; ainsi les femmes choisissent non par les qualitez necessaires au Ministere, elles ne les conoissent pas ces qualitez, elles ne s'en soucient pas, elles ne demandent à un Ministre pour toutes qualités qu'un

parfait dévoüement à leur ambition & à leur fan‑
taisies.

L'humanité rend ce mal neceſſaire, il eſt même ſans
remede, il eſt abſolument neceſſaire que les femmes
ayent beaucoup de crédit ſur les homes : tout ce qu'on
peut faire de mieux, ce n'eſt pas de chercher à le di‑
minuer, c'eſt de chercher à rendre leur crédit moins
dangereux pour l'Etat dans le choix de ceux qui doi‑
vent en ocuper les premieres places.

Un des meilleurs moyens que l'on puiſſe imaginer
pour diminuer le mal que l'on doit craindre de leur
crédit, c'eſt la *Polyſynodie*. 1°. L'autorité y eſt partagée
à tant de Miniſtres, que les femmes les plus aimées
& les plus autoriſées n'auront le pouvoir d'établir que
des Conſeillers de l'Etat, qui, quand ils ſeroient me‑
chans, ayant vingt fois moins d'autorité, feront vingt
fois moins de mal qu'un *Viſir* ou que des *Demi-Viſirs*.

2°. En laiſſant à chaque Conſeil le pouvoir de pro‑
poſer trois Sujets pour chaque place vacantes, on peut
empêcher qu'à la longue chaque Conſeil ne ſe rem‑
pliſſe de gens corompus capables de vendre leur Mo‑
narque & leur Patrie même ; or ſi le crédit des femmes
ne pouvoit faire d'autre mal que de faire préferer celui
des trois Propoſez qui aura le moins de merite, le mal
ne ſeroit jamais fort conſiderable, puiſqu'on peut ſu‑
poſer que le Conſeil ne propoſeroit que les trois meil‑
leurs Sujets choiſis entre les bons : & l'ocaſion de do‑
ner ce droit à chaque Conſeil eſt même heureux pour
y perpetuer la capacité, la probité & l'honeur, puiſ‑
que le Regent a choiſi pour les remplir ce qu'il y avoit
de meilleur dans le Royaume.

3°. Si la conduite de quelqu'un de ces Miniſtres, qui

n'auroit d'autre merite que la recomandation des femmes, devenoit odieuse, il feroit vingt fois plus aisé d'y
remedier, & de déplacer ce mauvais Conseiller, que
de déplacer un *Visir*, ou un *Demi-Visir* : or n'est il pas
évident que le mal fera d'autant moins considerable,
qu'il fera plus facile d'y aporter remede ?

4° Je sai bien que le pouvoir des femmes fera à
craindre sur chacun des Conseillers de l'Etat : mais 1° il
n'est pas moins à craindre dans le *Visir*, ou dans les *Demi-Visir*. 2°. Il y a cete diference que le pouvoir des
femmes sur les Conseillers de l'Etat ne fera à craindre
qu'en cas que toutes celles qui ont du pouvoir conspirent aux mêmes demandes, afin de les emporter à la
pluralité des voix : mais cela est impossible. Les fantaisies particulieres & les interêts particuliers ont cela
de diferent de la raison & des vûës pour le bien general, c'est qu'en diferentes persones ils font toûjours
oposez, au lieu que la raison & le bien general vont
souvent au même but. Ainsi les Conseillers poussez
par diferentes femmes seroient toûjours oposez entre
eux, & l'oposition des uns empêcheroit le mauvais
éfet de l'autorité des autres : au lieu que le *Visir* ne
trouvant point d'oposition dans ses sentimens, la femme qui le gouverne peut causer de grans maux, parce
qu'il décide luy seul de toutes les afaires,

AVANTAGE XVIII.

Plus de sûreté pour la durée de la Maison Royale sur
le Trône.

Les Histoires font pleines de revolutions où les Monarchies ont changé de Maîtres. Ces revolutions n'ont

jamais eu que deux caufes : l'une l'invafion d'une puiſ-
fance étrangere : l'autre, l'ufurpation d'un Sujet auquel le Roy a trop doné d'autorité.

A l'égard de la premiere caufe, come la Monarchie
fera gouvernée par les confeils de tant de Confeillers
prudens & moderez, les Rois feront beaucoup plus
portez à entretenir la paix & à faire des aliances dé-
fenfives, qu'à recomencer la guerre : ces Princes auront plus de moderation dans leur procedé avec leurs
voifins, & plus d'exactitude dans l'obfervation des
Traitez ; ainfi ils auront un plus grand nombre d'Aliez
plus fideles & plus conftant.

Or un Roy de France, qui aura beaucoup de tels
Aliez, peut-il jamais avoir à craindre d'être détrôné
par un voifin, quelqu'injufte, quelqu'ambitieux &
quelque puiffant qu'il foit. D'un autre côté moins
il entreprendra de guerres ofenfives, moins il fe trouvera en danger d'être détrôné, *furtout s'il ne laiffe pas*
aguerrir pendant plufieurs anées les troupes des Nations voi-
fines, fans aguerrir en même tems les fiennes : & je dirai icy
en paffant qu'il eft bien plus de l'interêt du Roy de pa-
cifier les Etats voifins, que de les laiffer en guerre, &
qu'il luy eft bien plus avantageux d'être garant d'un
Traité de Paix, que de n'en être pas garant : mais ce
n'eft pas icy le lieu d'en parler.

A l'égard de la feconde caufe, il eft évident que
lorfque l'autorité du Roy eft partagée entre deux Miniftres, pourvû que ce partage foit toujours maintenu
égal ou à peu près égal, ce Prince fera deux fois plus
en fûreté contre l'ufurpation de l'un deux, que fi toute l'autorité des deux étoit ruénie dans un feul : c'eft
qu'en les fupofant égaux en autorité avec des interêts

opofez il eſt tres dificile, il eſt même preſqu'impoſſible qu'ils puiſſent jamais concerter enſemble de détrô-
ner le Roy, pour métre l'un d'eux ſur le Trône ; mais
il eſt à craindre pour la ſûreté du Roy, que l'un d'eux
ne détruiſe peu-à-peu l'autre, & ne s'établiſſe ſur ſa
ruïne, & s'il eſt home de naiſſance, ou même hardi &
acredité parmi les Troupes, il n'y a qu'un pas à faire
de ſa place de Premier Miniſtre, de Maire du Palais,
ſur le Trône.

Or ſi l'uſurpation du Trône étoit dificile, en ne ſupoſant que deux principaux Miniſtres égaux en autorité, elle deviendra abſolument impoſſible, lorſque
cete autorité ſera preſqu'également partagée entre
vingt ou trente. La ſeule jalouſie qui regnera toûjours
entre les Miniſtres, ſuſit pour les réunir tous contre celuy qui voudroit uſurper ſur eux & ſur le Roy l'autorité Royale ; ainſi le Roy aura en eux des ſurveillans
trés intereſſez à ſa conſervation contre les entrepriſes
d'un Sujet trop ambitieux.

Les Hiſtoires de tous les ſiecles & de toutes les nations ſont plaines de pareilles uſurpations : mais ſans
s'éloigner de nôtre Hiſtoire, on comprend aſſez que ſi
l'autorité eût toujoûrs été partagée en France à peu prés
également entre diferens membres de diferens Conſeils, la Race de Clovis, malgré le peu de merite de
ſes Rois fainéans ſeroit peut être encore ſur le Trône ;
& n'eſt-il pas de la derniere importance pour le Roy
de prendre preſentement des meſures ſûres pour que la
troiſiéme ne finiſſe pas dans les ſiecles à venir, par la
même voye qu'ont fini la premiere & la ſeconde ; les
Hiſtoriens diſent que c'étoit fait de nôtre troiſiéme
Race ſous Henri III. ſi le Duc de Guiſe, qui étoit alors

le

le Grand Vifir de France, eût decouvert l'ordre que le
Roy avoit doné de le tuer, & que s'en falut-il qu'il ne
le découvrit ? Preuve démonſtrative que pour la durée de la Maiſon Royale ſur le Trône, il eſt de la derniere importance que l'autorité du Miniſtere ſoit partagée le plus également qu'il eſt poſſible entre un grand
nombre de Miniſtres, & ſurtout que céte autorité ne
ſoit jamais réunie ou dans un ſeul Miniſtre, ou dans
une ſeule Maiſon, come elle étoit alors dans la Maiſon
de Guiſe.

AVANTAGE XIX.

Moins de Guerres Civiles à craindre que dans le Viſirat.

Il eſt évident que ſi le Viſir eſt un genie mediocre,
de peu de travail & timide, les afaires du Roy & de
l'Etat iront trés-mal.

Il n'eſt pas moins évident, come on vient de le voir,
que ſi c'eſt un grand genie, laborieux, courageux,
d'une grande naiſſance avec de grandes aliances, il s'a-
querra un grand credit au-dedans & au-dehors de l'Etat;
ainſi il en ſera d'autant plus à craindre pour la Maiſon
Royale: or un home fort à craindre devient bientôt fort
ſuſpect, quand ce ne ſeroit que par la malice de ſes ene-
mis; & devenu ſuſpect, il ſe trouve ſouvent dans la neceſſité de monter ſur le Trône, ou de perdre la vie,

Il eſt vrai que ſi le Viſir eſt un home de petite naiſſance, ou d'une naiſſance mediocre, come on en a vû, il
ſera beaucoup moins à craindre pour la Maiſon Royale; mais il y a un autre inconvenient terrible ; car il
eſt ſûr que pour ſe conſerver, il éloignera autant qu'il
poura les Princes & les Grands de la faveur du Roy, il
ſera intereſſé à les faire paſſer pour des broüillons, pour

des féditieux, pour gens fans talens: il fera come forcé de placer dans les principaux emplois des perfones
de moindre naiffance, qui feront fes créatures.

Ce procedé, qui eft cependant tout naturel, doit
caufer neceffairement le mécontentement des Grands,
qui verront avec chagrin toute l'autorité entre les
mains d'un home qu'ils méprifent, & les dignitez &
les emplois donez à fes creatures : or il eft impoffible
que ce mécontentement general ne réuniffe un grand
nombre de mécontens contre le Miniftre. Voila des
factions, des partis, & puis des Guerres civiles. Nos
peres n'ont que trop éprouvé la folidité de ce raifonement & n'ont-ils pas vû de ces guerres civiles uniquement caufées par le mécontentement des Grans, &
quand le parti des Rebelles a le deffus, le Chef des Rebelles eft naturellement porté fur le Trône.

Or dans la Polyfynodie plufieurs Grans, furtout
ceux qui auront plus de talens, feront eux mêmes dans
le Miniftere, & feront intereffez à le foûtenir: les autres Grans oune font point à craindre par leur peu de
merite, ou s'ils en ont, ils peuvent efperer d'y entrer
à leur tour; & come ils ne feront plus rendus fufpects
fans fondement, ils n'auront plus à fe plaindre d'au-
cunes injuftices dans ladiftribution des graces; ainfi
plus de mécontentement à craindre : nous ferons donc
dans la Polyfynodie beaucoup moins fujets aux guerres civiles, que dans le Vifirat, & n'eft-ce pas un avantage trés-confiderable ?

AVANTAGE XX.
Moins de guerres étrangeres à craindre que dans le
Demi-Vifirat.

Tout le monde fait que le feu Roy dans le beau difcours qu'il fit publiquement dans le lit de la mort au Roy regnant, luy recomanda dans les termes les plus forts *de ne jamais entreprendre de guerres, sans des raisons absolument indispensables;* & il adjoûta une chose trés-édifiante, *qu'il se reprochoit fort de n'avoir pas toujours suivi une maxime si salutaire.*

Il avoit sans doute compris que les premieres guerrés ofensives qu'il entreprit sans avoir de fondements assés legitimes, l'avoient fait regarder, par toutes les Puissances de l'Europe, come un Prince qui ne cherchoit que des prétextes de rompre la paix, qui avoit dessein de s'agrandir aux dépens de ses Voisins, & qui aspiroit même à la Monarchie universelle : il avoit senti que cete opinion qu'ils avoient prise, quoique fausse, n'avoit pas laissé de former contre luy les deux grandes Ligues successives qui ont presque entierement bouleversé son Etat.

Or cherchons l'origine de ces premieres guerres, dont les suites nous ont été si funestes. Le Premier Ministre qui gouvernoit pendant la minorité du feu Roy, avoit interêt que ce Prince eût de l'éloignement pour le travail; ainsi il le fit élever dans l'oisiveté & dans les amusemens de la Cour. Ce Prince étoit naturellement doux, moderé, équitable, il avoit beaucoup plus de penchant aux plaisirs de la paix, qu'aux soins, aux inquietudes & aux dangers de la guerre; ainsi aprés la mort du Cardinal Mazarin il se feroit toûjours contenté de se tenir sur la défensive avec ses Voisins, & de se rendre arbitre & conciliateur de leurs diferens : mais il étoit naturel que le Ministre de la guerre devint jaloux de la faveur de son rival, qui gouvernoit les finances & le comerce avec succéz, & qu'il cher-

F 2

châr de fon côté à fe rendre neceffaire à fon maître, & à s'aquerir un grand crédit dans l'Etat, en déterminant le Roy à la guerre : c'étoit même un moyen fûr pour décrediter le Miniftre des Finances, foit en le rendant odieux aux peuples, s'il en tiroit beaucoup d'argent par les taxes, foit en le décriant auprès du Roy, ou come un malhabile Miniftre, ou come un home peu zelé pour la gloire de fon maître, s'il n'en tiroit pas af-fez pour faire la guerre avec fuccés

Ainfi ce Miniftre à l'aide des jeunes Courtifans qui entouroient le Roy, & qui chercoient à s'avan-cer dans les emplois militaires, trouva le moyen de luy infpirer le defir d'aquerir de la reputation par les armes, & de conquerir fous divers pretextes les Pro-vinces qui étoient le plus à la bien-féance de la Fran-ce. Il travailla fi adroitement & fi conftament à luy faire méprifer fes Voifins, à l'iriter cont'reux, à luy faire perdre de vûë cette regle fi vertueufe, & en mê-me tems fi utile, *Ne faites point contre vos Voifins, ce que vous ne voudriez pas qu'ils fißent contre vous, fi vous étiez à leurs place, & qu'ils fußent à la vôtre.* Il luy montra la premiere entreprife d'un côté fi facile & de l'autre fi glorieufe, que le Roy s'y laiffa aller : ce Miniftre fe fervit enfuite habilement du grand fuccés de la pre-mière guerre, pour l'engager plus facilement dans cel-les qui fuivirent & qui précederent la Paix de Nime-gue concluë en 1678.

Telle eft l'origine, telle eft la caufe de nos premie-res guerres. Ce fut non le vray interêt du Roy, non le vray interêt de fa gloire, non le vray interêt de l'E-tat qui le déterminerent à troubler le repos de l'Euro-pe, mais ce fut le vray interêt du Miniftre de la guer-

re: fans cet interét particulier de ce Miniſtre, le Roy
n'auroit jamais comencé ces premieres guerres qui furent ofenſives de ſa part, & vrai-ſemblablement il
n'auroit jamais été forcé de ſoutenir les dernieres, qui
furent ofenſives de la part de nos Voiſins & qui ont
été ſi ruïneuſes pour l'Etat.

Que l'on regarde le ſuccés de ces guerres du côté de
l'*utile*, que l'on ſupute ſi ce qu'elles nous ont produit
vaut plus que ce qu'elles nous ont couté. Nous avons
eu trente ans de guerre depuis 1668. juſqu'à preſent:
le Roy a tiré des François toutes les années de guerres
plus de cinquante milions de ſubſides extraordinaires
le fort portant le foible, c'eſt quinze cènt millions, &
outre cela le Roy doit encore en rentes, en gages & en
billets plus de douze cens millions: ces deux ſommes
font vingt-ſept fois cent millions, qui au denier vingt-
ſept produiroient cent millions par an: l'interruption
du comerce a fait tort au Roy & à l'Etat de plus de cinquante millions par an pendant ces trente années de
guerres, cela fait encore cinquante millions de rente
au denier trente: or qui ne ſait que les Conquêtes du
feu Roy ne luy raportent pas la huitiéme partie de ces
cent cinquante millions de rénte, tous frais faits? &
cependant je ne mets point en ligne de compte ni les
homes que nous avons perdus, ni la déſolation de nos
Provinces frontieres, ni les pertes prodigieuſes que
nous cauſent les fortunes immenſes des gens d'afaires.

Voilà le coté de l'*utile*, qu'on regarde preſentement
le côté de l'*honorable*: quelle opinion le feu Roy a-t-il
laiſſée de luy à ſes Voiſins? n'ont-il pas cru, n'ont-il
pas écrit qu'il étoit un Voiſin fâcheux, ſans parole,
injuſte, & d'autant plus digne de leur haine, qu'il em-

F 3

ployoit plus de puiſſance à les ruïner ? Je ſai bien que
l'idée que l'Europe en avoit priſe , lorſqu'elle s'étoit
liguée contre luy , n'étoit pas juſte , n'eſtoit pas bien fondée ; mais cependant elle étoit telle , & il y avoit mal-
heureuſemeut doné ocaſion : & on ne peut pas dire
que nôtre reputation ne dépende de l'idée que nous
donons aux autres de nôtre caractere. D'un autre côté
a t il forcé ſes Sujets par l'abondance qu'il leur a pro-
curée à regreter ſon adminiſtration ? Plut à Dieu que
pour ſa reputation & pour nôtre utilité il eût été durant tout ſon Regne ocupé à faire fleurir le comerce , à
diminuer tant d'obſtacles qui le gêne , à augmenter les
facilitez qui le multiplient , à paver les grans che-
mins , à les rendre encore plus ſûrs , à rendre les ri-
vieres navigables , à rendre nos Loix plus propres
pour diminuer le nombre des procès , à perfectioner
la maniere de lever les ſubſides , de ſorte que les peuples en payaſſent moins , & qu'il en revint plus aux
cofres publics , à perfectioner les Etabliſſemens qui regardent les pauvres & l'éducation des enfans à favo-
riſer les arts & les ſiences à proportion de leur utilité ,
à trouver les moyens de faire diſtribuer les emplois &
les recompenſes avec juſtice & ſans égard pour les recomandations à ôter la venalité des Charges , les ſur-
vivances & les Brevets de retenuë , à diminuer nos be-
ſoins en diminuant nos jeux de hazard , à perfectioner
nos mœurs , en trouvant les moyens de rendre la vertu & les talens utiles , plus honorez , plus reſpectez ,
plus juſtement recompenſez.

Il pouvoit facilement devenir le conciliateur de l'Europe , & forcer ſes Voiſins ambitieux & impatiens à
convenir d'Arbitres pour terminer leurs diferens ſans

s'expoſer aux malheurs de la guerre: il n'avoit qu'à ſe déclarer haůtement contre qui conque auroit refuſé d'executer les Jugemens de l'Arbitrage : plût à Dieu qu'il eût ainſi donné la paix à l'Europe pendant cinquante-trois ans qu'il a gouverné par luy-même ! il eût été le plus grand Bienfaiĉteur qu'euſſent jamais eu les François : ſon nom eût été en bénédiĉtion à toutes les Nations Chrétiennes : & peut-on dire que la reputation qu'il a aquiſe par la Guerre ſoit comparable à celle qu'il auroit pu aquerir, en maintenant l'Europe en paix ?

Or n'eſt-il pas évident que ſi, en ſortant de minorité, il eût trouvé dans ſon Royaume la *Polyſynodie* bien établie, il n'eût jamais été pouſſé aux premieres Guerres qu'il entreprit, & que par conſequent il n'auroit jamais été forcé de ſoûtenir les dernieres, & qu'il auroit par ſa reputation de Prince ſage, moderé, pacifique, établi ſon Petit-Fils ſur le Trône d'Eſpagne, ſans que l'Europe en eût été alarmée ; ainſi on peut dire que nos Rois étant beaucoup moins pouſſez par les Conſeillers de l'Etat, que par un Viſir, ou par un Demi-Viſir, à entreprendre des Guerres ofenſives, en entreprendront beaucoup moins d'injuſtes, & s'en attireront par conſequent beaucoup moins de pareilles de la part de leurs voiſins, & qu'ils ſeront moins ſouvent en danger d'être détrônez par des ennemis viĉtorieux.

Au reſte j'ay une reflexion à faire ſur le Miniſtre de la Guerre, dont je viens de parler ; c'eſt que quoiqu'il ſoit la cauſe primitive de la plûpart des grans malheurs qui ſont arrivez au Royaume depuis ſa mort, & du grand danger, où nous avons été de voir bouleverſer la Monarchie, il n'eſt pas juſte cependant qu'il en porte la haine publique; 1°. Parce qu'il ne pouvoit pas prévoir tous ces malheurs : 2°. Parce qu'il esperoit au contraire par les Conquêtes du Roy rendre la France plus riche & plus puissante : 3°. Parce que nos malheurs ont eu depuis beaucoup d'autres causes : 4°. Parce que s'il eût vécu vingt ans de plus, il nous auroit garanti par sa vigilance & par son prodigieux travail de la plûpart de ces malheurs : 5°. Parce qu'aprés tout il est si naturel à un Ministre de chercher à se rendre important & necessaire, que de cinquante autres qui auroient été à sa place, quarante neuf en auroient usé comme luy, & auroient fait la même faute; ainsi c'est moins à luy personellement qu'il faut s'en prendre, qu'à l'humanité même : je sai même plusieurs actions de luy, où l'on voit beaucoup d'équité & d'amour pour le bien public; de sorte que je suis bien persuadé que ces malheurs nous sont venus bien moins par la faute du *Demi-Visir*, que par le défaut du *Demi-Visirat*.

Tels sont les inconveniens du *Visirat* & du *Demi-visirat* : tels sont les avantages de la *Polysynodie*. Examinons presentement s'il y a quelques avantages dans le *visirat* & dans le *Demi Visirat*, qui ne soient pas au même degré dans la *Polysynodie*, ou si ces avantages sont comparables à ceux que je viens d'expliquer. Voyons de quels moyens on peut se servir pour perfectioner tous les jours la *Polysynodie* presente. On trouvera tout cela éclairci & expliqué dans les Réponses aux Objections.

DISCOURS

SUR
LA POLYSYNODIE,
SECONDE PARTIE.

REPONSES AUX OBJECTIONS.

AVERTISSEMENT.

CE n'est pas assez d'avoir démontré par des
preuves positives les grans avantages de la
Polysynodie sur le *Visirat*, il faut encore éclaircir toutes les dificultez d'un sujet aussi important: or
la meilleure maniere de proceder à cet éclaircissement,
c'est de diviser les Objections, & de répondre à chacune en particulier d'une maniere précise, & qui puisse
satisfaire tout Lecteur équitable & desinteressé.

Ces diferentes Objections donent ocasion de montrer le sujet par diferens côtez, & à diferens poins de
vûë. L'esprit humain est soupçoneux, & avec raison,
sur tout lors qu'il s'agit de quelque nouvel Etablissement: il a besoin qu'on éclaircisse de plus en plus ce
qui peut s'oposer à une entiere persuasion: or ces
diferens éclaircissemens ne se peuvent bien faire qu'en

G

luy montrant que de quelque côté qu'il tourne & re-
tourne l'objet , que de quelque point de vûë qu'il le
confidere , de quelque balance qu'il fe ferve , tant
pour pefer les avantages de l'Etabliffement contre les
avantages du *Non-Etabliffement*, que pour comparer les
inconveniens de l'un contre les inconveniens de l'autre , la balance raporte toujoûrs un refultat à peu prés
femblable.

De-là on peut conclure que la partie la plus importante à la conviction & à la perfuafion parfaite , c'eft
la partie de l'Ouvrage où l'on achéve d'éclaircir toutes les dificultez. On me pardonera donc fi je n'en ay
négligé aucune , & fi je me fuis arêté à éclaircir certaines chofes , qui femblent à quelques Lecteurs habiles & éclairés affez claires par elles mêmes ; mais qui
avoient quelque obfcurité pour les autres ; j'ay mieux
aimé être trop clair & trop long pour le petit nombre ,
que d'eftre trop cour & obfcur pour le grand nombre.

Je n'ai pas eu le loifir de ranger les objections felon
leurs matieres , elles font telles qu'elles m'ont été faites , cela fait même que l'on y poura trouver quelques
petites répétitions , les petites négligences ne fient pas
mal dans les grandes matieres , elles y fient même
bien , c'eft que le Lecteur fenfé y fuplée toûjours , &
que rempli de l'importance de la matiere , il ne daigne
pas faire atention à ce qui n'eft important que pour
la maniere ; c'eft-à-dire pour le ftile , & c'eft la diference principale , qui fe trouve entre un beau Difcours Academique , & un bon Difcours Politique. Dans
le premier il s'agit de peu pour la matiere qui y eft
traitée , & par confequent il s'y agit de beaucoup pour
la maniere dont elle eft écrite , au lieu que dans le Dif-

cours Politique il s'agit de beaucoup pour la matiere, & par consequent de peu pour le stile, ou pour la maniere, dont il est écrit. Je ne dis pas que sur ce principe l'Auteur puisse se permettre de grandes negligences, je dis seulement qu'il luy sied bien d'en laisser de petites, que les Academiciens apliquez aux expressions puissent remarquer, & que les Politiques uniquement apliquez aux choses, fassent gloire de ne pas observer.

La plûpart des objections que l'on m'a faites, sont contre la Polysynodie, telle qu'elle est établie, & non contre la Polysynodie, telle qu'elle peut estre perfectionnée par le Regent luy-même, il m'est venu plusieurs idées pour ce perfectionement en répondant à chaque Objections : je les ay notées par un *N*. à la marge, afin que le Lecteur puisse facilement les retrouver ; il y en a plus de cinquante.

OBJECTION I.

DAns le plan de feu Monseigneur le Dauphin Duc de Bourgogne il n'y avoit point de Conseil Suprême : son dessein estoit d'assister à tous les Conseils particuliers, & d'y décider chaque afaire sans les porter plus loin, & cela eût beaucoup contribué à l'expedition des afaires.

REPONSE.

1° Le Regent ne pouvoit pas se dispenser de former un Conseil de Regence : mais quand sa qualité de Regent ne l'auroit pas obligé à former ce Conseil, il me semble que pour la perfection du sistême de la

N

G 2

Polysynodie, il eſt abſolument neceſſaire qu'il y ait toûjours un pareil Conſeil dans le Royaume , non pas
ſous le nom de *Conſeil de Regence* , quand le Roy eſt
majeur ; mais ſous le nom de *Conſeil Suprême* , ou
plûtôt de *Conſeil General.*

2° Je conviens que feu Monſeigneur le Dauphin
Duc de Bourgogne n'avoit pas ſongé à établir de *Conſeil General* ; c'eſt qu'il n'avoit fait ſon plan que pour
luy , qui étoit laborieux & intelligent : & en éfet un
Roy tel qu'il eût été durant la vigueur & la maturité
de ſon âge , n'eût pas eu beſoin de Conſeil General :
de même ſi nous étions ſûrs d'avoir toûjours pour Rois
des Princes d'une ſanté ferme , d'un eſprit élevé , &
acoûtumé au travail , la Monarchie n'auroit jamais
beſoin d'un pareil Conſeil : mais comme il s'en faut
bien que les Monarchies n'ayent pareille ſureté , &
come parmi les Rois majeurs il y en a beaucoup qui
n'ont pas de ſanté ou qui n'ont pas aſſez de capacité ,
ou qui ne veulent pas travailler , il eſt abſolument
neceſſaire qu'il y ait un Conſeil General , qui ne ſoit
jamais infirme , qui ne vieilliſſe point , qui penſe
pour eux , & qui travaille pour eux : ils meurent , ils
ſe ſuccedent , & ſont fort diferens les uns des autres ,
le Royaume ne meurt point : or le moyen d'empêcher la Nation de ſe reſſentir de leur pareſſe , de leur
incapacité , de la fébleſſe & de l'afébliſſement de leur
âge , c'eſt d'y pourvoir par un Conſeil General , éclairé , zelé pour le Roy & pour l'Etat , moderé , laborieux , immortel , qui ſoit le centre , le ſoûtien , l'ame
& le lien de tous les Conſeils particuliers.

3° Ces tems de minorité ou de febleſſe des Rois ne
ſont pas rares dans une Monarchie , la nôtre a eu cin-

quante ans de pareille feblesse dans le dernier siecle : & à dire la verité, c'est beaucoup quand dans deux siecles on trouve trente ans de Regne où les Rois ayent eu assez de capacité, d'aplication aux afaires.

4° Une autre raison qui prouve la necessité d'un Conseil General dans ces tems de feblesse c'est qu'il est impossible que les Conseils particuliers ne soient quelquefois divisez entr'eux, tantôt sur les bornes de leur competence, tantôt sur les besoins de l'Etat, tantôt sur les avantages qu'on veut luy procurer. Le Conseil de Guerre de terre demandera come necessaire un tel fond, que le Conseil de Marine demandera aussi come plus necessaire ; qui jugera entr'eux? De même il n'y a qu'un certain fond dans une année que l'on puisse employer à divers Etablissemens utiles, le Conseil de Comerce le demandera pour un Etablissement, tandis que d'autres Conseils le demanderont pour d'autres Etablissemens : dans les afaires mixtes des particuliers, l'un se pourvoira à un Conseil, l'autre à un autre. On supose que le Roy par sa santé, par son âge, par son peu de lumieres, par son éloignement du travail, n'est pas en état de decider ces diferens, ils ne peuvent être décidez que de deux manieres, où par un Grand-Visir, qui ait toute l'autorité où par la pluralité des voix d'un Conseil General : or nous avons sufisament montré les grans incoveniens du *Visirat*, & les avantages de la *Polysynodie*; on voit donc que le Conseil General est un Conseil absolument necessaire au systême de la pluralité des Conseils: c'est une augmentation essentiele qui manquoit au plan du Dauphin Duc de Bourgogne : c'est un Conseil qu'un Roy sage doit toujours tenir tout établi, sinon par consideration du persent, du moins par consideration de l'avenir.

5° Si le Roy est en état d'agir, & si l'afaire est pressée il peut apeler par extraordinaire au Conseil particulier, tout ou partie des Conseillers du Conseil General, pour la décider tout d'un coup, il peut de même en tems de Guerre décider tout ce qui regarde la Guerre au Conseil de la Guerre, en y apelant quelques Membres du Conseil General; de sorte que ce Conseil ne luy nuira jamais en rien dans les afaires qui seront pressées, & luy poura être fort utile dans les afaires qui ne le seront point, & ce qui est de la derniere importance pour sa Maison, c'est que ce sera un Conseil de Regence tout formé, en cas de minorité, & un moyen sûr pour délivrer pour jamais les Rois & le Royaume du *Visirat* : forme de Gouvernement grossiere, barbare, trés pernitieuse pour le Royaume, & très-dangereuse pour les Rois & pour les Maisons Royales, comme je l'ay démontré.

OBJECTION II.

On ne devroit traiter dans le Conseil de Régence, ou Conseil General, que des divers Reglemens nouveaux, & d'autres afaires tres-importantes; cependant on y en raporte quantité de moins importantes, & qui pouroient se décider définitivement dans chacun des Conseils particuliers, sur tout lorsque la décision a passé aux trois quarts des voix; cela fait que le Président, qui raporte dans ce Conseil, n'a pas le tems d'y exposer les affaires, assés long pour metre les opinans en état d'en juger avec conoissance de cause; ainsi il ne fait proprement que rendre compte au Conseil General de ce qui a esté resolu dans le Conseil particulier, c'est donc plûtôt un Conseil de parade qu'un veritable Conseil, dont l'Estat puisse tirer une veritable utilité; d'ailleurs ce dégré de Juridiction alonge fort l'expedition des afaires, ce qui eſt un grand inconvenient.

REPONSE.

1°. Le Roi ne peut-il pas ſtatuer, que chaque Conſeil particulier poura décider *définitivement* & ſans lui les affaires les moins importantes, telles que ſont celles, qui regardent les particuliers, & ſur leſquelles il ne s'agit point de faire quelque Reglement nouveau, mais de ſuivre les anciens ; je ſai bien que pour déterminer ce qui ſe doit apler *afaire très-importante*, ou *afaire moins importante*, il faut une ſorte de Reglement, mais ce n'eſt rien d'impoſſible que ce Reglement : les Requêtes de l'Hôtel & d'autres Juridictions, qui ſont ſubalternes en certains cas, ne jugent-elles pas en dérnier reſſort dans des cas portez par des Reglemens ? Or le Conſeil General n'auroit alors à regler que les afaires les plus importantes ou celles qui auroient ſoufert beaucoup de conteſtations, ce qui en diminuëroit fort le nombre ; ainſi les Raporteurs auront un loiſir ſuffiſant pour raporter au Conſeil General les afaires importantes en entier, & les opinans pouroient ainſi en juger avec une conoiſſance ſuffiſante ; ce ne ſeroit donc plus un Conſeil de parade, mais un Conſeil très utile.

De cette maniere les trois quarts & demi des afaires ſeroient expediées auſſi promtement qu'elles le ſont au Conſeil des Parties, ou à la Grand-Chambre, & le Regent, & le Conſeil de Regence auroient plus de loiſir de vaquer aux afaires plus importantes.

OBJECTION III.

Le Regent n'aſſiſte point, ou preſque point aux Con-

N

feils particuliers; ainfi le Préfident de chaque Confeil eft obligé de luy rendre compte de ce qui s'eft paffé au Confeil où il préfide. Et ce compte fe rend fans avoir pour témoin le Raporteur de l'afaire, qui a affifté à la déliberation; ainfi il peut non-feulement fe tromper dans fon raport, mais il peut encore fans craindre d'être contredit, diffimuler au Regent les raifons, ou alterer les faits, come le pouvoient *les Demi-Vifirs* fous le feu Roi; donc les réfolutions fondées fur les erreurs de fait, feront auffi fréquentes que dans le Régne précedent; donc de ce côté-là nul avantage.

RE'PONSE.

1° Le Préfident aprés avoir raporté au Regent en particulier, fait encore fon raport en plein Confeil de Regence; il y a donc alors affez de témoins, qui pouroient le contredire, s'il vouloit alterer quelqus chofe dans les faits.

2° Pour éviter cet inconvenient, ne peut-on pas ftatuer que le Prefident ne raportera chaque afaire en abregé au Regent & au Confeil de Regence, ou Confeil General, qu'en prefence du Raporteur, ou du moins du Confeiller de femaine deftiné à y affifter.

OBJECTION IV.

Le feu Roi donoit la plûpart des Emplois, des Benefices, des Penfions & des autres récompenfes de l'Etat, *à la recomandation* des Miniftres, foit à leurs parens, foit à leurs amis; or en multipliant les Miniftres, n'eft-ce pas multiplier *les recomandations*, n'eft-ce pas doner de nouvelles forces à la *faveur* contre la *juftice?*

RE'PONSE.

REPONSE.

1° Les Conseillers de l'Etat n'ont tous ensemble qu'autant de credit qu'en avoient les Ministres sous le feu Roi pour la distribution des récompenses de l'Etat; donc la recomandation des Conseillers de l'Etat ne nuira pas davantage aujourd'huy à l'Etat, que nuisoit alors la recomandation des Ministres precedens.

2° Je conviens qu'il est dificile de trouver des moyens de faire toûjours distribuer les récompenses de l'Etat, à proportion que les services sont utiles à l'Etat; mais cela n'est rien moins qu'imposlible, & je le dis, parce que j'ai montré dans un autre Memoire les moyens d'éviter le grand inconvenient des recomandations: or s'il peut y avoir une forme de Gouvernement dans laquelle un pareil établissement soit praticable, c'est assûrement la Polysynodie, où les Conseillers de l'Etat auront beaucoup moins d'interêt de s'y oposer, que les Visirs & les Demi-Visirs, parce que en renonçant en faveur du bien public à l'injuste & pernicieuse coûtume des recomandations, ils auront beaucoup moins à perdre que *les Visirs ou les Demi-Visirs,*

OBJECTION V.

En multipliant les Ministres, vous multipliez le pouvoir des femmes; car enfin les Ministres ne sont-ils pas homes come les Rois?

REPONSE.

1° Si les Rois n'étoient Rois qu'à l'âge où les Conseillers sont Conseillers de l'Etat, le pouvoir des femmes seroit bien moins à craindre; mais malheureusement pour eux

H

& pour leurs Sujets les Rois font quelques fois fort jeunes, & dans un âge où ils conoiſſent le moins, & où
ils ſentent le plus; au lieu que dans les Etats tant ſoit
peu ſagement gouvernez, on ne voit de Miniſtres & de
Secretaires d'Etat, que dans un âge mur, où les lumieres ne ſont plus tant afeblies par la vivacité du ſenti-
ment.

2°. Si chaque Miniſtre décidoit ſeul dans ſon Département, ou ſi toutes les femmes, qui ont du pouvoir ſur
les Miniſtres, s'uniſſoient toutes pour un même but ſur
chaque afaire, j'avouë que leur pouvoir ſeroit fort à
craindre, même dans le ſyſtême de la Polyſynodie; mais
d'un côté nul des Conſeillers de l'Etat ne décide abſolument dans les afaires de ſon Département, tout s'y décide à la pluralité des voix, & l'on ſait aſſés de l'autre,
que l'union d'un grand nombre de femmes étant rare,
le pouvoir, qui dépend de cette union, n'eſt gueres à
craindre; au lieu que dans le ſyſtême du Viſirat, une
femme ſeule peut chaſſer un premier Miniſtre excelent pour en ſubſtituer un très-mauvais, & ce ſera cependant ce mauvais premier Miniſtre, qui ſeul décidera de tout.

OBJECTION VI.

Si les Membres du Conſeil General ſe diviſent,
qui les racomodera ?

REPONSE.

1° Ils ſeront choiſis entre les Préſidens & les Expréſi-
dens des autres Conſeils, qui auront eux-mêmes été
choiſis par leur Compagnie, come les Membres les plus
éclairez & les plus moderez; ainſi on peut dire que dans
ce Conſeil il y aura moins de diviſion qu'ailleurs.

2.º Come ils n'auront rien en maniement, ils n'auront rien à partager, ils ne pourront donc jamais être divisez que dans leurs opinions : or des divisions que la pluralité des voix décide toûjoûrs souverainement, ne font pas des divisions à craindre.

3.º Quelque petite que fût l'autorité du Roy, du Regent, de la Regente, elle feroit toûjours affez grande pour apaifer ces divisions, & pour interdire ceux qui aporteroient du trouble.

4º Dans chaque Etat Républiquain il y a un Confeil Suprême, il peut y ariver des divisions, il peut s'y former des partis ; cependant on voit par l'experience, ou qu'il ne s'y en forme point malgré la diverfité journaliere des avis, ou que ces divisions fe calment d'elles-mêmes, & ne font point à craindre : & ce qui eft à remarquer, c'eft que ces Confeils Suprêmes des Republiques n'ont pas pour eftre calmés dans leurs divisions l'avantage de l'autorité d'une Regente, d'un Regent, d'un Roi.

OBJECTION VII.

Il y aura moins de fecret dans les réfolutions, qu'il n'y en avoit dans le Gouvernement précedent.

REPONSE.

1º Il y a peu d'afaires dans le Gouvernement du dedans qui demandent du fecret dans les refolutions, au contraire il eft utile, il eft même abfolument neceffaire de les publier auffi-tôt qu'elles ont été arêtées.

2º Celles qui demandent du fecret pendant quelque tems, fe peuvent traiter par extraordinaire, en demandant un fecret extraordinaire aux opinans.

N

H 2

3º A l'égard des afaires qui regardent les Etrangeres, il n'y a pas plus de Conseillers du Conseil des afaires étrangeres, qu'il y avoit autrefois de Ministres qui
en avoient part.

4º Nous ne voyons pas que les afaires des Républiques manquent de secret, tandis que ce secret est
necessaire, soit pour les afaires du dedans, soit pour
celles du dehors : nous ne voyons pas que faute de secret elles aillent moins bien que les afaires de Monarchies, il y a cependant beaucoup plus de persones qui
entrent dans les Conseils, c'est aparament, ou que les
ocasions de l'importance du secret sont plus rares que
l'on ne s'imagine ; ou que le secret necessaire se peut
garder entre plusieurs Membres, quand c'est leur interêt comun de le garder.

OBJECTION VIII.

Un Conseil General seroit utile à l'Etat, s'il étoit
possible que tous les Membres eussent une conoissance sufisante de tous les genres & de toutes les especes
d'afaires que l'on y raporte : mais cela est impossible, il
faut la vie d'un home pour aprendre ce qu'il y a à sa-
voir dans un seul genre, come la Finance, come la
Guerre, come les afaires étrangeres, &c. Cependant
à quoi est bon l'avis de gens qui n'ont point une conoissance sufisante du genre, ni de l'espece d'afaire proposée?

REPONSE.

1º Il n'est pas vrai qu'il soit impossible que des homes d'un esprit excelent, tels que seront tous les Membres de ce Conseil, ne puissent pas en six ou sept ans
d'aplication, soit par la lecture de bons Memoires qui

feront imprimez fur chaque matiere, foit par la pratique, foit par les conferences avec les gens les plus habiles fur chaque fujet, aquerir une conoiffance fufifante des principes, des maximes & des faits neceffaires pour bien juger des huit genres d'afaires, & de toutes les efpeces de ces genres : mais quand on fupoferoit qu'il faut à de pareils efprits deux ans d'étude pour favoir ce qu'il y a de conu & de démontré dans chacun de ces genres, ces Membres pouront avoir pour cela plus de loifir qu'il n'en faut, puifque l'on peut ftatuer qu'ils n'entreront à ce Confeil qu'à quarante-cinq ans, après avoir préfidé à quelque Confeil, & après avoir affifté à tous les Confeils particuliers : & d'ailleurs ils auront à l'avenir la comodité de pouvoir étudier dès l'âge de vingt ans fur tous les diferens genres, & fur toutes les diferentes efpeces d'afaires, un nombre fufifant d'excelens Memoires, que fera imprimer le Confeil pour le progrès de la Politique, dont je parle dans un autre Memoire.

2° On peut dire que la Medecine, par exemple, a autant de partie à étudier qu'en peut avoir la Politiqüe, foit pour ce qui regarde la pratique, foit pour ce qui regarde la fpeculation; cependant qui ne fait qu'un home de beaucoup d'efprit & d'aplication avec le fecours des bons Livres, peut avoir apris tout ce qui eft conu & démontré dans cette fience à vingt-fix ou vingt-fept ans? Qui doute qu'alors il ne foit en état de juger des découvertes nouvelles & d'en faire luy-même? Celuy qui étudiera la Politique dés vingt ans, dès dix huit ans, n'aura-t-il pas les mêmes comoditez pour y faire du progrés, que celuy qui étudiera la Medecine? Il fera donc dés vingt-fix ou vingt-fept

ans en état par les métodes, dont je parle dans le Memoire fur le Progrés de la Politique, de juger de toutes fortes d'afaires ? or s'il a paſſé encore dix-huit ou
dix-neuf ans dans les Emplois fubalternes & fuperieurs
du Gouvernement, par exemple, come Subdelegué,
come Secretaire General d'une Intendance, come In-
tendant, come Membre d'un Conſeil, come Preſident
de ce Conſeil, & come Afſiſtant des autres Conſeils,
pourra-t-on dire qu'alors cet eſprit excelent choiſi par
ſes pareils entre les meilleurs, pour remplir ces diferens Emplois, ne ſoit pas à quarante-cinq ans aſſez au
fait de toutes les eſpeces d'afaires qui ſe preſenteront
au Conſeil General, pour en juger avec connoiſſance de
cauſe.

OBJECTION IX.

Il ſe trouve ſouvent des Reglemens à former, & des
afaires à décider entre particuliers, qui regardent pluſieurs Conſeils : chaque Conſeil les reclamera, & aura droit de les reclamer, & cependant ces afaires ne ſe
décideront point. Ce partage des Conſeils par matieres
ne ſauroit jamais ſe faire avec aſſez de préciſion, qu'il
ne ſe rencontre toûjours beaucoup de ces afaires mixtes, au lieu que la déciſion des afaires dans le Viſirat
n'étoit point ſujette à cet incovenient, on ne ſavoit ce
que c'étoit qu'afaires mixtes, parce que l'autorité loin
d'être partagée en tant de Membres, étoit réünie ſur
une ſeule tête.

REPONSE.

Si deux Conſeils reclament la même afaire, le Roi
ou le Conſeil General peut facilement décider la competence ; ſi l'afaire n'eſt point reclamée, il n'y a rien
qui en arête la déciſion, donc de ce côté-là nul avan-

tage du Vifirat fur la Polyfynodie, & nous avons vû au contraire un grand nombre d'Avantages ineftimables de la Polyfinodie fur le Vifirat.

OBJECTION X.

La pluralité des Membres rend chaque Confeil fujet à des jaloufies d'autorité, à des factions, à des divifions qui nuifent aux afaires

RE'PONSE.

1º Il eft encore plus ordinaire que la jaloufie entre les Demi-Vifirs, nuife aux afaires publiques; nous n'en avons eu que trop d'experiences.

2º Les Confeils des Républiques font fujets aux mêmes inconveniens; cependant les Républiques fe foûtiennent avec autant de fermeté & de bon ordre, que les Monarchies de pareille étenduë, il faut donc croire que fi ces divifions & ces jaloufies caufent quelques maux, ils font rares, & ne font pas confiderables.

3º Nous avons dans le Gouvernement Monarchique un avantage que n'ont pas les Républiques, c'eft que le Roi ou le Regent, ou le Confeil General peuvent facilement calmer ces divifions dans les Confeils particuliers, quand elles comencent à nuire aux afaires; car lorfqu'elles ne produifent que plus d'émulation dans chacun des Confeillers pour fe mieux aquiter de leur devoir, loin de nuire à l'Etat, elles ne fauroient que lui être fort avntageufes.

4º La jaloufie entre particuliers peut devenir un excelent reffort, avec lequel le Souverain peut tirer d'eux incomparablement plus de travail pour l'utilité publique que par tout autre reffort : il n'eft queftion que de trouver des regles & des Loix, qui loin de l'afoiblir l'augmentent, mais en dirigent continuellement la force *vers le plus grand bien de l'Etat*, & vers le refpect *pour la pluralité des fufrages* : aquiefcer au plus grand nombre eft un moyen bien fimple, mais moyen unique & merveilleux dans fon éfet, qui eft d'entretenir l'union dans les Corps, dont les Membres font portez à la divifion, & par confequent de procurer aux homes par leur union une lumiere, une force, une felicité qu'ils ne fauroient fe procurer fans union.

OBJECTION XI.

Le Confeil du dedans du Royaume paroît fort peu utile, puifque les autres renferment tous les genres d'afaires, Finances, Comerce, Guerre de terre, Guerre de mer, afaires étrangeres & Religion, ou ne peut lui renvoyer que des afaires détachées des autres Confeils.

REPONSE.

N   Il me femble que l'on peut unir à ce Confeil le Bureau de l'examen des Mémoires Politiques pour faciliter les Reglemens & les Etabliffemens nouveaux, j'expofe dans le Memoire *fur le progrez de la Politique*, les avantages immenfes que ce Bureau perfectioné procureroit à l'Etat ; donc le Confeil du dedans du Royaume peut devenir infiniment utile à l'Etat.

OBJECTION XII.

Je conviens, m'a-t-on dit, que cette forme de Gouvernement eft très-utile pour l'Etat, quand le Roi eft laborieux, & qu'il affifte fouvent à ces Confeils pour
s'inftruire

s'inftruire & pour voir les afaires de fes propres yeux
& dans leur fource; mais quand le Prince eft ou peu
intelligent, ou peu laborieux, ou livré à fes plaifirs,
il vaut mieux qu'il ait un premier Miniftre, en qui
toute l'autorité foit réünie, parce que la corruption fe
met bien-tôt dans tous ces Confeils; c'eft à qui s'enri-
chira le plus aux dépens du public, & il eft plus utile
à l'Etat de n'avoir qu'un feul homme à enrichir, que
d'en avoir foixante.

RE'PONSE.

1o Come cette forme convient parfaitement à un
Prince laborieux, intelligent, qui cherche à s'inftruire
à fonds de tout, & qu'heurefement nous fomes
dans le cas: on peut dire que le Regent ne pouvoit jamais établir une forme de Gouvernement qui lui con-
vint davantage, & d'un autre côté il ne pouvoit jamais
en choifir une plus avantageufe au Roi & au Royaume,
comme nous l'avons déja demontré.

2o Un Prince de peu de fanté, de peu d'efprit ou
même un Prince feneant, livré à fes plaifirs, aura encore plus de credit dans fon Etat, & plus de réputation parmi les Etrangers, en confervant ou en établif-
fant la Polyfynodie, & en partageant également l'autorité entre les Membres de plufieurs Confeils, qu'en
donant toute fon autorité à un feul; c'eft que la gloire
des fuccez s'arête naturelement au premier Miniftre,
quand il y en a un; au lieu que la gloire fe partage en
tant de partie dans les Membres des Confeils, qu'elle
arive prefqu'entiere jufqu'au Roi, a peu prés come la
valeur & la prudence des Soldats & des Oficiers Subalternes tournent au profit du General dans le gain d'une

I

Bataille, & dans le fuccés d'une Campagne.

Louis XIII. Enfant unique & précieux, n'eut qu'u-
ne mauvaife éducation, on ne l'acoûtuma point à
vaincre les dificultez du travail; ainfi fe trouvant fort
inferieur à ceux qui par l'habitude s'étoient rendus le
travail facile, il n'avoit pas d'autre parti à prendre en
voulant doner tout fon tems aux amufemens, que de
choifir quelqu'un fur qui il pût fe repofer des afaires
du Gouvernement & dans ce dégré d'éloignement où
il étoit de tout travail, il valoit mieux pour lui, confier toute fon autorité à un feul Miniftre, que de la
partager à trois ou quatre Miniftres, qui l'auroient
inceffamment tiraillé chacun de fon côté; je croi même que de tous ceux qu'il pouvoit choifir pour la place
de premier Miniftre le Cardinal de Richelieu, étoit à
tout prendre ou le meilleur, ou un des meilleurs; mais
il eft certain que fi dèflors la Polyfynodie eût été établie dans la perfection où l'on peut facilement la porter, il auroit pû fe difpencer également de l'aplication
aux afaires, & gouverner cependant avec plus de tran-
quilité, avec autant de fuccez & avec beaucoup plus
de reputation, qu'en choififfant come il fit la forme
de gouvernement du Vifirat: je dis avec plus de reputation, & j'en aporte en preuve un feul fait; Gro-
tius alors Ambaffadeur de Suede, aloit fouvent chez
le Cardinal de Richelieu & on lui reprochoit de n'aller prefque jamais chez le Roi, il répondit, *Qui Re-
git hic Rex eft: Celui qui gouverne eft le Roi.* Preuve fenfi-
ble que toute la gloire du Gouvernement s'arête à celui qui gouverne quand il eft feul.

3° A l'égard des richeffes, un Premier Miniftre peut
prendre des prefens, & vendre ainfi les Emplois, les

graces & même la Juftice; il peut *impunement* s'enrichir par d'autres voyes honteufes & illegitimes, parce qu'il eft le maître, & qu'il n'a point de cenfeurs qu'il puiffe craindre, il peut aquerir des richeffes immenfes aux dépens de l'Etat : mais il n'en eft pas de même des Confeillers de l'Etat : quand quelques-uns d'entreux auroit le cœur corompu, ils font tous éclairez par leurs rivaux, qui font de rigides cenfeurs, & la crain-te d'être découvers & de fe déshonorer fufira toujours pour les tenir ; les voyes honteufes de s'enrichir font donc abfolument impraticables pour eux, fur tout fi la circulation des Départemens fe met en ufage.

OBJECTION XIII.

Un Premier Miniftre décide plus d'afaires en dix ou douze heures, que fept ou huit Confeils ; donc le fyftê-me du *Vifirat* eft préferable aux fiftême de la *Polyfynodie*.

RE'PONSE.

1° Pourvû que dans le fyftême de la Polyfynodie il ne refte point d'afaires preffées à décider, qui ne foient décidées *à tems*, & que ces Confeils ayent enco-re affez de loifir pour décider les moins preffées fans qu'il y ait aucun retardement préjudiciable au Gou-vernement, le Roy & le Royaume ont tout l'avanta-ge du *Vifirat*, & ils en évitent les grans inconveniens: or on fait que tous ces Confeils qui travaillent tous les jours & à toutes les heures, foit en Corps chez le Roy, foit partie chez eux & chez les Prefidens, peuvent ai-fément décider & expedier *à tems* toutes les afaires qui fe prefente ; donc de ce coté-là il n'y a nul avantage du fiftême du *Vifirat* fur le fiftême de la pluralité des Confeils.

I 2

1° Nous voyons que dans les Republiques toutes les afaires sont décidées & expediées à tems dans les diferens Conseils sans aucun retardement qui soit préjudiciable à l'Etat, un Premier Visir ne les expedieroit pas plus promptement : & pourquoy la Polysynodie d'une Monarchie ne pouroit-elle pas les expedier aussi promptement que la Polysynodie d'une Republique?

3° Il y a un grand nombre de petites afaires de détail, come de Réponses aux Lettres, come d'Ordres à doner, où il ne s'agit que de suivre les Reglemens établis : or le Président de chaque Conseil, ou même chaque membre du Conseil dans son Département peut les décider de luy même, quand il a par écrit les cas, dans lesquels il n'a pas besoin de consulter ni le Roy, ni même le Conseil ; il fait alors par consequent la même fonction que feroit un Premier Ministre : or n'est-il pas évident que pour ces sortes de petites afaires cinquante homes sufisament autorisez, en décideront plus qu'un seul, & cependant cela fait les deux tiers du courant des afaires de chaque Conseil?

Il est vrai qu'il est à propos que chacun des Conseillers d'un Etat ait par declaration les cas où il poura & ou il devra répondre sur le champ, & décider par provision, en atendant qu'il puisse en parler au Conseil : mais pareilles declarations sont elles impossibles à faire sur les Memoires même des Conseillers de chaque Département & sur le resultat de leur Conseil : de cette sorte un Conseiller de l'Etat auroit une autorité absoluë sur plusieurs petites afaires journalieres, & décideroit en cela come premier Ministre sans en parler au Conseil : le Conseil particulier auroit aussi une autorité absoluë sur des afaires plus importantes, mais non assez importantes pour devoir être portées ni au Roy, ni au Regent, ni au Conſeil General.

4o Parmi les afaires que chaque Membre doit raporter au Conſeil, il y en a plus de la moitié qui ne viendroient point juſqu'au Conſeil ſi chaque Conſeil avoit ſoin de faire tous lesans quelques Reglemens publics pour décider des cas ſemblables, ou à peu près ſemblables à ceux qui ont été portez au Conſeil pendant l'année precedente : alors chaque Oficier dans les Provinces inſtruit par ces Reglemens, & par la décision de tous ces diferens cas, verra clairement ce qui eſt de ſon devoir, ou du devoir d'un autre, quel eſt ſon droit & le droit d'un autre & cela diminueroit de plus de la moitié le nombre des conteſtations & des queſtions qui ſe preſentent tous les jours à décider au Conſeil : or qui ne voit que ces ſortes de Reglemens propres à diminuer le nombre des afaires de chaque Conſeil ne ſont nullement impoſſibles ? Donc il eſt évident que chaque Conſeil ayant moins d'afaires, expediera encore plus promptement, & cependant avec plus d'examen celles dont il demeurera chargé.

5o Je comprens bien qu'il y a des ſortes d'afaires, qui demandent plus de célerité que les autres dans les décisions & dans les expéditions, ſur tout en tems de Guerre : mais rien n'eſt plus aiſé que de leur doner pour lors plus de célerité : la multiplication des roües done plus de force & de juſteſſe à la machine, mais c'eſt aux dépens de la viteſſe : on peut alors diminuer le nombre des roües, & faire que les principaux reſſors agiſſent ſans empêchement, & preſque immediatement la machine ira pour lors avec une viteſſe ſufiſante & l'interêt public devenu plus vif dans chaque Citoyen dans

N

les malheurs publics, fera que chacun malgré ses interêts particuliers ira plus droit & plus conftament vers le bien public. Les Romains , qui craignoient tant la Royauté, ceft-à dire ; la forme de Gouvernement, où faute de *Polyfynodie* l'on abufe fouvent de l'autorité ont doné quelquefois toute l'autorité de l'Etat à un feul home , pour difpofer lui feul pendant la tempête des forces de la Republique : or le Roy eft un dictateur né, rien ne l'empêchera jamais d'ufer de la plus grande célerité dans les afaires où elle eft neceffaire.

N   6° Si quelqu'un de nos Rois peut parvenir à faire figner le *Traité fondamental de police entre Souverains* , pour rendre la Guerre impoffible & la Paix inalterable au-dedans & au-dehors , propofé autrefois par Henry IV. on n'aura plus à craindre ces tempêtes dans le Corps Politique, rien ne periclitera , & l'on aura tout loifir de remedier aux maux ordinaires avec une célerité fufifante, fans être forcé de doner à perfone pour un tems limité l'autorité d'un Vifir ou d'un Dictateur : or j'ay démontré ailleurs que le Regent luymême peut facilement faire figner ce *Traité fondamental.*

7° Hors le cas de Guerre, le grand nombre des décifions que l'on peut faire en un jour n'eft pas ce qu'il y a de plus important : c'eft la grande utilité de chaque décifión tant par raport à l'interêt du Roy , que par raport à l'interêt des Sujets. Voilà ce qui eft de plus important.

8° Cette grande utilité de chaque décifion ne dépend-elle pas & du plus de lumieres dans l'efprit, & du plus de droiture dans la conduite, pour fuivre plûtôt l'interêt du public, que l'interêt particulier ? Or peut-on croire d'un côté qu'il y ait plus de lumieres dans un feul, que dans trente autres qui luy feront égaux en efprit ? & peut-on croire de l'autre que ce Premier Vifir, s'il n'eft pas cet home qu'on ne trouve point, ne fonge beaucoup plus dans fes décifions journalieres à fe conduire fuivant fes interêts particuliers, qu'à procurer l'avantage du Roy & du Royaume, lors qu'il peut prévariquer *impunément* ? Ainfi plus il fera de décifions par jour, pis ce fera pour l'Etat.

Je fai bien qu'un home pour doner bone opinion de fon defintereffement, pour aquerir du crédit, pour s'établir dans un grand Pofte, pour s'y afermir, peut facrifier pendant quelque tems fes interêts particuliers, fes plaifirs, fon loifir, fa liberté, fes fantaifies, fes reffentimens, fes jaloufies, à l'interêt du ROY, à l'interêt du public. Mais dès qu'il fera établi & afermi, vous le verrez bien-tôt redevenir home du comun ; c'eft qu'autant qu'il eft naturel à un ambitieux de faire beaucoup de facrifices pour ariver à la premiere Place, autant eft-il naturel qu'il fe difpenfe de tous ces facheux facrifices, lors qu'il y eft arivé, & dès qu'il s'y trouve fufifament afermi ?

Mais, dira-t-on, ne peut-on pas trouver un home tellement paffioné pour la belle gloire, qu'il luy facrifiera pendant toute fa vie tous fes autres goûts, toutes fes autres paffions ? Ne peut-on pas trouver un Premier Miniftre d'un genie fublime, un home actif, temperant, laborieux, fans vanité, fans ambition déreglée, fans aucun defir de s'enrichir, fans reffentiment à l'égard de fes ennemis, fans penchant pour élever fa Maifon, pour favorifer fes parens & fes amis, fans goût pour les plaifirs, fans crainte d'être déplacé, rendant toûjours juftice au merite, fans acception de perſone, ſans partialité pour ſes parens, & pour ſes anciens amis? Je réponſ à cela, que ce ſeroit un grand miracle, ſi nous le trouvions. Mais devons-nous en choiſiſſant une forme de Gouvernement, en choiſir une, qui à moins qu'elle ne ſoit miraculeuſe, ne ſauroit être pour le Roy & pour nous que très-pernicieuſe.

9º Quand par miracle vous auriez un excelent Viſir pendant quelque tems, ſon ſucceſſeur choiſi par un Favori, par une Maîtreſſe, ne poura-t-il pas détruire en trois ou quatre ans ce que l'autre auroit eu bien de la peine à établir en trente ou quarante ans de travail : nouveau Viſir, nouvelles maximes; donc le Viſirat eſt bien moins conſtant dans les bones maximes, que des Conſeils qui ſubſiſtent toûjours.

10º Quand un Etat eſt gouverné par un grand Viſir, il y a dans les afaires *trois interêts* à concilier; celuy du Viſir, celuy du Roy, & celuy des Sujets: or qui doute que le Viſir ne préfére preſque toôjours ſon interêt particulier, lors qu'il le peut préferer *impunément*? Qui ne voit qu'il ne marchera vers l'interêt du Roy & de ſes Sujets, qu'autant que ces deux interêts s'acomoderont avec le ſien? Il n'en eſt pas de même dans le Gouvernement Ariſtomonarchique, c'eſt à dire, dans la Polyſynodie : come les Conſeillers de l'Etat ſont perpetuellement obſervez par leurs concurrens, & qu'il ne pouroient pas préferer *impunément* leur interêt parriculier à l'interêt de l'Etat, il ne leur reſte que deux interêts à concilier, c'eſt-à-dire, l'interêt du Roy ſage à l'interêt des Sujets; & c'eſt ce qu'il y a de plus aiſé.

11º Le Roy & le Royaume par l'établiſſement des
Conſeils

Conſeils, ont, come j'ay dit, deux avantages conſiderables : le premier eſt, que les Conſeillers de l'E-
tat ont tous enſemble beaucoup plus de lumieres, que
n'en auroit un ſeul d'entr'eux, pour aler plus droit
vers le but du bon Gouvernement, puiſqu'ils ſont tous
de la même Claſſe, & que le tout vaut mieux que ſa
partie : le ſecond, c'eſt que marchant *tous de compagnie,*
& ſe regardant toûjours les uns les autres, ils ont une volonté beaucoup plus ferme & plus conſtante que ce Premier Miniſtre n'auroit pour faire toutes les déciſions,
par raport à ce but, qui eſt la plus grande utilité de
l'Etat : j'en ay dit la raiſon ; c'eſt qu'alors l'interêt particulier de leur reputation les fait marcher neceſſairement vers l'interêt comun, *lorſqu'ils marchent de com-*
pagnie, au lieu qu'il n'y auroit peut-être aucun d'eux,
qui devenu Grand Viſir bien afermi, *marchant ſepare-*
ment, & ſans aucune dépendance de la volonté des autres, *ſans avoir de camarades pour témoins*, ſans aucun beſoin de l'opinion des autres, ne négligeât ſouvent l'interêt de l'Etat, c'eſt-à-dire, l'interêt du Roy & des Sujets, pour ſuivre ſon interêt Particulier : & voila la diference principale qu'il y a entre l'home, *qui marche*
ſans témoins, & l'home *qui marche en compagnie* : celuy-cy
eſt forcé de marcher *pour ſes camarades*, come ſes camarades ſont obligez de marcher *pour luy*, & tous marchent droit vers l'interêt comun : or avoir trouvé le
ſecret de faire ainſi marcher les Miniſtres avec ardeur,
avec conſtance, & par amour propre vers l'interêt public, c'eſt avoir ateint au ſublime de la Politique,
qui eſt elle-même la plus ſublime & la plus utile de
toutes les ſiences humaines.

12.° Il ne faut pas s'atendre qu'une grande machi-

ne compofée de tant de roües puiffe aquerir dès le comencement toute la vîteffe & la facilité dans fes mou-
vemens, qu'elle poura aquerir avec le fecours des
Obfervations, que feront en plufieurs anées ceux qui
ont foin de la faire mouvoir.

13° Ceux qui ont l'honeur d'affifter aux Confeils,
& qui voyent de plus près que moy la nature & l'origine des afaires qui s'y raportent, les métodes dont
elles y font traitées, pouront mieux que tous autres
propofer dans des Memoires les vûës qui leur viendroient, foit pour diminuer le nombre de ces afaires
par de nouveaux Reglemens, foit pour les expedier
plus prontement, avec plus de juftice pour les particuliers, & plus d'utilité pour l'Etat. Ainfi je voudrois
qu'il fût établi qu'au comencement de chaque anée le
Roy leur demandât à chacun un Memoire cacheté en
deux ou trois feüilles au plus, fur le perfectionement
de leur Confeil : ces Memoires feroient ouvers & examinez au Confeil general, fi quelqu'un ne donoit aucune vûë pour ce perfectionement, il declareroit du
moins dans fon paquet qu'il n'a rien trouvé à propos,
ce qui feroit une forte de honte de ne rien aporter au
Trefor public, lorfque les autres y aportent quelque
chofe; on fait affez qu'il y a beaucoup de gens fages,
qui par trop de timidité n'oferoient propofer des vûës
très-falutaires; or ils s'y trouveroient forcez, pour fa-
tisfaire au Reglement & à leur devoir. Ce Reglement
executé, produiroit même un bon éfet, c'eft que la
même vûë étant propofée par un grand nombre de
Confeillers de l'Etat, en aquiereroit une autorité beaucoup plus grande, & prefque fufifante pour déterminer à en former un Reglement utile.

OBJECTION XIV.

Un home d'un génie élevé peut avoir de beaux projets, qu'il executeroit facilement pour l'avantage de l'Etat, s'il eſtoit premier Miniſtre, il ne les propoſe ſeulement pas, parce qu'il craint la contradiction de ſes camarades qui s'y opoſeroient, ou faute de lumieres, ou par eſprit de jalouſie.

REPONSE.

1° Il y a bien de ces beaux Projets qui ne ſont rien moins qu'utiles dans le fonds, & qui ne ſont pas praticables; mais s'ils ſont veritablement utiles, & ſi l'Auteur ſe done la peine & la patience d'en bien démontrer l'utilité & la *praticabilité*, ſi ſes camarades ſont come lui d'excelens eſprits, il n'a rien à craindre de leur contradiction, & s'il ne réüſſit pas dans un tems, il réüſſira certainement dans un autre, la verité à la longue ſe fait jour, & prend toûjours le deſſus.

2° Si ces Projets n'ont qu'une utilité aparente, s'ils ne ſont point praticables, s'ils ſont tels qu'ils coûteroient plus à executer qu'ils ne produiroient de profit, ſi dans le fond ils ſont pernitieux, il eſt trés-avantageux à l'Etat que ce Conſeiller de l'Etat ne ſoit pas Grand Viſir, & que dans le Conſeil particulier ou il travaille, on puiſſe s'opoſer à ſes projets, & les contredire: or ſouvent ces beaux projets n'ont que l'aparence de l'utilité.

3° Par l'établiſſement du Conſeil de l'Examen des Mémoires Politiques, ſur tout de la maniere dont j'ay propoſé de le perfectioner dans le Memoire, pour procurer le progrez de la Politique, quiconque fera une propoſition avantageuſe à l'Etat, non-ſeulement ne

K 2

trouvera point d'opofition dans ce Confeil, mais il y trouvera au contraire toute la protection qu'il peut fouhaiter, & tout ce qui aura été propofé d'avantageux fera executé, dès que d'autres projets plus importans ou plus preffez pouront le permettre. Donc de ce côté-cy la *Polyfynodie* a les mêmes avantages que le *Vifirat*, & n'en a point les inconveniens.

OBJECTION XV.

Vous fupofez que les Membres des Confeils feront un jour auffi capables les uns que les autres, & que chacun d'eux pouroit eftre auffi grand Miniftre que le Cardinal de Richelieu : or cela eft fort éloigné de la verité.

REPONSE.

1° Il ne faut point fe faire une fauffe idée de la grandeur du génie du Cardinal de Richelieu, ni de fa grande habileté dans la Politique : il me femble que c'eft lui faire juftice entiere, que de le regarder come un genie de la premiere claffe. La Politique eft une fience où l'on excelle, 1°. par la penetration de l'efprit, pour débrouiller & pour éclaircir les matieres obfcures. 2° Par l'étenduë de l'efprit, pour embraffer & comparer beaucoup de veuës & de raports en même tems. 3° Par la jufteffe de l'efprit, pour apercevoir facilement & finement la fébleffe ou la force d'un raifonement, la proportion ou la difproportion d'un moyen avec fa fin. Or je ne vois rien dans ce que le Cardinal de Richelieu a executé ou écrit en fait de Politique, & fur d'autres matieres, que n'eût pû écrire ou executer un autre génie de la premiere claffe ; je n'y vois rien qui prouve que du côté de la pénetration, de l'étenduë & de la jufteffe d'efprit, il fût le feul de fa claffe, & que l'on n'eut pû trouver en France dans l'Epée & dans la Robe, dans le Clergé, dans le Miniftere même, cent génie naturellement auffi grands, auffi pénetrans, auffi juftes, en un mot de fa force, qui euffent penfé & écrit auffi profondément que lui fur les mêmes chofes, s'ils s'y étoient apliquez auffi long-tems que lui, & s'ils avoient eu les mêmes ocafions que lui de faire les mêmes experiences.

Il voulut fe mefurer avec les meilleurs Poëtes de fon tems fur la fience du Theatre ; il voulut fe mefurer avec les meilleurs Theologiens fur la controverfe, & on fait qu'il n'y montra pas de fuperiorité, & cela, parce qu'il avoit beaucoup moins étudié ces matieres, qu'ils n'avoient fait ; il auroit eu le même fort, s'il eût voulu fe mefurer avec Defcartes fur la Fifique & fur la Géometrie, par ce qu'il avoit moins medité fur ces matieres que ce grand Filofophe fon contemporain.

La grandeur d'efprit demande non-feulement une heureufe naiffance du coté des organes, & une bone éducation dans la premiere jeuneffe, mais elle demande encore la lecture des meilleurs ouvrages fur la matiere, beaucoup de méditation fur ces lectures, & des difputes frequentes avec ceux qui font la même étude ; alors on peut dire qu'à naiffance également heureufe, c'eft le plus d'exercice, & d'un exercice affidu avec les plus forts, qui fait qu'un génie monte à la premiere claffe ; tandis que l'autre faute d'un exercice égal demeure dans la feconde, que l'un y arive à 30. ans, tandis que l'autre n'y arive qu'à 50. & fi l'on établit trois claffes de bons efprits, on peut dire qu'il y en a, qui faute d'une naiffance fort heureufe, ne fauroient même avec le plus grand travail & les meilleurs exercices, paffer la troifiéme claffe ; j'entens par ces bons efprits , ceux qui font fuperieurs au commun des efprits.

2° Ceux qui gouvernent aujourd'hui les afaires publiques ont fur le Cardinal de Richelieu l'avantage d'avoir pû profiter de fes Ecrits , & de ceux du peu d'Auteurs de Politique, qui ont écrit depuis lui : ainfi quand nos Confeillers de l'Etat feroient réellement d'une claffe inferieure à ce premier Miniftre pour le genie naturel , ils feroient pour le moins de la même claffe pour les lumieres fur la Politique, à caufe du progrez qu'ils ont fait dans cette fience avec le fecours de fes découvertes & des découvertes pofterieures ; nous avons aujourd'hui en France, cent Fificiens , cent Géometres ; qui quoique beaucoup inferieurs en génie au grand Defcartes , font neanmoins beaucoup plus habiles , qu'il n'étoit en Fifique & en Géometrie, quoiqu'il fut dans ces fiences le plus habile , & de beaucoup le plus habile de fon tems, c'eft qu'ils ont profité depuis 70. ans de fes lumieres , & de celles de fes difciples.

3° Comme il eft fort poffible que la Politique faffe en France un grand progrez d'ici à 20. ou 30. ans, & que l'on ait mis en œuvre les moyens que je propofe dans un autre Memoire, pour mefurer l'étenduë & la jufteffe d'efprit de ceux qui s'appliqueront à la Politique ; il fera aifé de n'employer un jour dans les Confeils que des génies de la premiere claffe ; & fi l'on perfectione l'établiffement comencé pour le Progrez de cete fience, il eft certain que ceux qui entreront alors dans les Emplois publics auront encore plus de lumires, que n'en ont ceux qui y font aujourd'huy, & que nos Confeils feront remplis de perfonnes d'un génie égal, & beaucoup plus habliles dans les diverfes parties de la Politique, que n'étoit il y a 76. ans le grand Cardinal de Richelieu, & *c'eft ce qu'il faloit prouver.*

OBJECTION XVI.

Le Cardinal de Richelieu fit plus pour la France que n'auroient fait foixante hommes auffi habiles que lui répandus en diferens Confeils, qui n'auroient eu chacun que la foixantiéme partie de fon autorité, Parce qu'ils fe feroient tojoûrs opofez aux avis les uns des autres.

REPONSE.

1° Il faut diftinguer la délibération d'avec l'execution, il eft vrai que jufqu'à ce qu'un confeil ait pris une refolution à la pluralité des voix, il y a fouvent de la contradiction entre les avis, mais la chofe étant refoluë & décidée, il n'y a point d'opofition dans l'execution, & come la contradiction done plus de lumieres, on peut dire qu'un Confeil compofé de dix Cardinaux de Richelieu fe trompera moins fouvent dans fes refolutions, que l'un d'entr'eux, fi perfonne n'ofoit le contredire.

2° J'ai d'eja repondu que le Confeil de l'examen des Mémoires Politiques feroit fort intereffé à apuyer toutes les propofitions avantageufes.

3° Quand l'on touve grand nombre de contradictions dans les Confeils, c'eft une preuve qu'il eft compofé d'efprit, dont le dégré de lumiere eft fort diferent; or en fupofant qu'ils feront un jour choifis par leurs pareils entre les genies de la premiere claffe, & entre ceux qui feront les mieux intentionez pour le bien public, il eft impoffible qu'il y ait alors tant de contradiction, & qu'il ne s'y trouve pas au contraire beaucoup d'uniformité dans les avis , caufée par l'égalité , ou par la prefqu'égalité de lumiere.

OBJECTION XVII.

Un premier Miniftre recüeille feul la gloire du fuccez de fes entreprifes , & c'eft pour luy un puiffant reffort , que ne peuvent avoir les Membres de divers Confeils ; car dés que la gloire fe partage en tant de parties , elle ne peut plus être un affez puiffant reffort pour furmonter les difficultez ; qui demandent fouvent de grands éforts d'efprit & de courage.

RÉPONSE.

1° Qu'importe à l'Etat qu'un feul homme ait toute la gloire d'une entreprife avantageufe , ou que cete gloire foit partagée , pourvû que la chofe foit mûrement examinée , & également bien executée ; or j'ai montré ailleurs que par l'établiffement du Confeil pour les progrez de la Politique , toute propofition avantageufe feroit reçûë , apuyée & executée.

2° Un Premier Miniftre faute d'affez de lumieres , peut comme nous avons dit , entreprendre une chofe , qui à tout compter fera très-défavantageufe à l'Etat : or n'eft-il pas évident que le *Confeil pour le progrez de la Politique* , & les autres Confeils ayant incomparablement plus de lumieres qu'un feul home , feront incomparablement moins fujets à comertre de pareilles fautes.

3° Un premier Miniftre négligeoit des projets tres-importans , dont il n'étoit pas l'auteur , pour en executer d'autres incomparablement moins avantageux , parce qu'il les avoit imaginez ? or par l'établiffement de la Polyfynodie , l'Etat ne fera plus fujet à un pareil inconvenient ,

venient, le projet le plus preſſé & le plus important paſ-
ſera devant le moins preſſé, & devant le moins important.

4° Je ne voi pas pourquoi un Conſeiller de l'Etat ne
pouroit pas eſtre excité par la gloire à faire réüſſir un
grand projet, dont il ſeroit l'auteur : car quoi que pour
le faire rectifier & pour l'executer, il ſoit aidé des lumieres & de l'autorité de ſes Confreres, il eſt pourtant
certain qu'il en recüeillera ſeul toute la gloire du ſuc-
cez, voilà donc le reſſort de la gloire conſervé dans
toute ſa force, pour exciter cinquante ou ſoixante homes auſſi capables que ce Viſir à entreprendre des afaires extraordinaires, & à l'égard des travaux ordinaires,
nous avons montré que la circulation des Départemens
dans les Conſeils, entretiendroit l'émulation entre les
Membres ; or ce reſſort ne ſufit-il pas pour les faire tous
travailler continuellement avec ardeur & à l'envi les uns
des autres? La Polyſynodie a donc encore de ce côté-cy
les mêmes avantages que le Viſirat, & n'en a point les
inconveniens.

OBJECTION XVIII.

La déciſion des afaires, les entrepriſes, les Négotia-
tions particulieres doivent avoir raport à un même plan
general de gouvernement ; or dans la Polyſynodie chacun des Conſeillers a ſon plan general, & cete diverſité
de plans produit neceſſairement des déciſions qui ſe con-
trediſent, & des embaras dans le meuvement general.

REPONSE.

1° Il n'eſt pas vrai que les Conſeillers ayent dans le
gouvernement des plans generaux qui ſoient opoſez ; il
y a huit matieres generales qui compoſent un gouver-

L

nement, Juſtice, Police, Finance, Guerre, Marine, Comerce, Afaires Etrangeres, & Afaires de Religion. Or peut-il y a voir d'autre plan general, que de chercher les moyens les plus convenables de perfectioner beaucoup en peu de tems les Reglemens & les établiſſemens qui ont raport à ces huit matieres generales? ces diferens Conſeillers ne peuvent donc avoir des avis opoſez que ſur le choix de ces moyens, & ſur les meilleurs partis qui ſont à prendre; or n'eſt-il pas viſible que l'on trouve ſur cela plus de lumieres dans une aſſemblée de dix homes également habiles, que dans la tête de l'un de ces dix, donc chaque Conſeil ſe trompera moins ſouvent qu'un des membres, donc chaque Conſeil prendra plus ſouvent le meilleur parti en chaque afaire, donc il y aura plus de liaiſon, plus de raport dans la déciſion des afaires particulieres au plan general; car enfin on ne peut pas imaginer un plus grand raport des déciſions des Conſeillers au plan general d'un bon Gouvernement, que lorſqu'ils prenent plus ſouvent & plus ſûrement le meilleur parti, dans chaque afaire particuliere, par raport au bien general de l'Etat; car enfin le meilleur plan general, n'eſt-ce pas celuy qui va le plus droit au plus grand bien de l'Etat dans chaque afaire particuliere?

Je ſai bien que ſelon l'ocaſion on doit préferer le progrez d'un genre d'afaire, au progrez d'un autre genre d'afaire; par exemple le grand progrez de la Guerre en certaines ocaſions, au grand progrez du Comerce: mais n'eſt-il pas évident que lorſqu'il s'agira de cete préference dans un Conſeil, les réſolutions qui y feront priſes, feront toûjours plus convenables au meilleur plan general; c'eſt-à-dire, au plus grand bien de

l'Etat que fi ces réfolutions dépendoient de l'avis d'un
feul de ces Miniftres, qui nauroit que des lumieres égales à chacun des autres, & qui viferoit toujours plus
à fon interêt particulier, qu'à l'interêt public.

2° Quand par malheur un premier Miniftre prend
les plus mauvais moyens pour perfectioner chacune de
ces huit matieres principales, il eft bien plus dificile de
le faire changer de route, que de faire changer un Confeil, qui fe feroit trompé à la pluralité; c'eft que perfone
n'oferoit contredire le Vifir, & lui opofer des raifons
contraire à fon avis, ou fi on luy en dit d'affez fortes,
on les lui dit trop foiblement, & il refifte par entête-
ment, par point d'honeur à ces raifons, au lieu que dans
un Confeil où les Membres font égaux, où il n'y a
point de dépendance entre les Membres, & où il y a
toujours un peu de jaloufie, la raifon eft apuyée avec
force, & le parti de la raifon aprés avoir été batu faute
d'affez de lumieres, redevient bien-tot le parti fuperieur par quelque nouvelle experience, ou par quelque
nouvelle reflexion fur les experiences paffées.

Donez-nous fûreté fufifante qu'un premier Miniftre
fera toujours infaillible du côté des lumieres, toûjours
irreprochable du côté de l'interêt particulier, & que
tous ceux qui lui fuccederont, feront toûjours fembla-
bles à lui, & alors nous ferons fûrs que fes décifions auront un parfait raport au plan general, & que ce plan
fera toujours le meilleur; mais comme il eft impoffible de nous doner pareille fûreté, n'eft-il pas évident
qu'il faut préferer la Polyfynodie; c'eft-à-dire la forme
du Gouvernement où il y a plus de lumieres à efperer,
& où l'interêt particulier eft moins à craindre.

OBJECTION XIX.

Le grand génie dans ces Conseils n'a que sa voix ;
non plus que le génie mediocre ; ainsi il ne sert pas plus
à l'Etat, que le génie mediocre, au lieu que s'il étoit
ou premier, ou principal Ministre, il rendroit de beaucoup plus grands services au Roi & à la Patrie.

RÉPONSE.

1º. Le grand génie n'a que sa voix, j'en conviens ;
mais il a ses lumieres avec lesquelles il peut amener à
son sentiment beaucoup d'autres voix ; ainsi il peut
toûjours par ses lumieres être plus utile à l'Etat qu'un
génie mediocre.

2º Un grand génie dans une Compagnie est bien-
tôt reconu pour tel par ses Camarades, & non-seule-
ment ils lui déferent davantage, mais si la Présidence
circule par élection, il est plus souvent Président qu'un
autre ; ainsi il a dans sa Compagnie une autorité pro-
portionée à ses lumieres, & rend par consequent à l'E-
tat des services proportionez à ses talens.

3º Ciceron dans le Senat n'avoit que sa voix dans
les déliberations non plus que les Sénateurs les moins
éclairez, mais avec ses lumieres, & même avec l'autorité qu'il avoit aquise par ses lumieres, il emportoit
beaucoup de voix ; ainsi avec son grand génie, il étoit
bien plus utile à sa Patrie, qu'un Sénateur d'un génie
médiocre,

4º L'autorité d'un Visir d'un génie superieur est
dangereuse, parce qu'elle est souvent employée par
l'interêt particulier contre l'interêt public, au lieu
que l'autorité de la persuasion uniquement fondée sur
la force des raisons, ne peut jamais être qu'utile à l'Etat.

5° L'objection fupofe une grande fuperiorité de génie d'un Miniftre par comparaifon aux génies de fes
Colegues; mais fi l'on trouve le fecret de ne placer à
l'avenir dans les Confeils, que les plus grans génies
du Royaume, ils feront tous de la même claffe, & par
confequent à peu près égaux; ainfi l'objection fondée
fur cete grande inégalité, n'auroit plus de lieu; or ce fecret n'eft pas introuvable, come je le montre ailleurs.

OBJECTION XX.

Les grandes fortunes de nos premiers Miniftres, ou
du moins de nos principaux Miniftres étoient de
grans objets & de grans motifs pour exciter l'émulation; au lieu que dans la Polyfynodie il n'y aura plus
que des fortunes médiocres à efperer; or aféblir les
motifs, c'eft à-dire le reffort du travail, c'eft diminuer
le travail même.

REPONSE.

1° Le mot de grand eft un terme relatif, une augmentation de dix mille, de vingt mille livres de revenu de plus, peut être une recompenfe fufifante pour
un très-grand nombre de grans génies qui n'ont qu'une
très-petite fortune; ces apointemens peuvent fouvent
doubler leur revenu; or il n'y a prefonne, pour qui
une augmentation du double de fon revenu ne foit
une recompenfe confiderable.

2° Il eft vray, que cette augmention de revenu ne
fera pas un grand motif pour ceux, qui ont cent mille
livres de rente, mais ces gens fi riches font ordinairement des genis peu laborieux, & s'ils ne peuvent être
excitez à fervir leur Patrie que par le motif de la belle

gloire, l'Etat en perdant leur travail dans le Miniftere, perd peu d'un côté, tandis qu'il gagne beaucoup plus de l'autre par l'aquifition d'un plus grand nombre de grands génies beaucoup plus laborieux, qu'il trouve plus facilement parmi les Gentils-hommes moins riches, que parmi les plus riches, par-ce que les moins riches font en beaucoup plus grand nombre.

3° Ce qu'il y a de plus défirable dans les Emplois, ce n'eft pas l'augmentation de revenu, c'eft pour les grandes ames les moyens d'aquerir de l'eftime & de la réputation en travaillant plus utilement que les autres pour le bien public.

4° La confideration, la diftinction, & le relief que donent les places dans les Confeils, eft une forte de bien que ne donent pas les richeffes ; cela eft fi vrai, que fans ce motif les gens riches n'acheteroient pas tous les jours bien cher des Charges qui donent féance dans les Parlemens & dans le Confeil de Juftice ou des Parties, qui raportent trés-peu de revenu, mais qui donent beaucoup de confideration dans le monde ; le grand Penfionaire d'Holande n'a de la République que dix mille francs d'apointemens, & cependant cete Place ne laiffe pas d'eftre fort défirée par beaucoup de grans homes de la République, foit par des motifs de gloire, foit par des motifs de confidération.

OBJECTION XXI.

Si vous fupofez que le Roi affifte quelquefois aux Confeils particulier, pour avancer la décifion des afaires, on n'aura pas le loifir d'y lire les dépêches entieres; ainfi il faudra en revenir à la Coûtume des extraits.

RE'PONSE.

1° Comme le Roy n'affiftera à ces Confeils particuliers qu'à l'ocafion d'afaires affez importantes pour
être décidées devant lui, & affez preffées pour n'être
pas portées au Confeil General, on aura alors affez de
loifir pour y lire les dépêches entieres.

2° Si le Roi n'a pas affez de loifir pour affifter à
quelques Confeils, le Préfident d'un Confeil, & le
Raporteur de l'afaire, peuvent luy faire un raport
abregé, & un extrait des dépêches, & lui lire le refful-
tat du Confeil fait non fur des extraits, mais fur les
dépêches entieres & originales: or alors le Raporteur
ayant d'un côté le Préfident pour témoin, & ayant
pour guide le Refultat du Confeil particulier, & les
extraits des dépêches faites avec ces précautions & cete
fidelité, ils ne pouront jamais tromper le Roi fur aucun fait tant foit peu important.

OBJECTION XXII.

La nouvelle forme de Gouvernement feroit meilleure que l'anciene, fi elle étoit durable, mais il eft
aifé de montrer qu'elle ne fauroit durer.

Le crédit eft un bien, qui ne peut gueres s'augmenter qu'aux dépens du crédit des autres; il eft naturel que les homes travaillent à l'augmenter, & que
les ambitieux y travaillent plus que les autres : les
Préfidens des Confeils font des homes; ainfi pour augmenter leur credit aux dépens des Confeillers de l'E-
tat, ils prendront les moyens les plus propres pour
fe rendre le plus qu'ils pourront les maîtres de la plûpart des afaires, & ils auront pour cela deux moyens
très-faciles. Le premier, c'eft de s'acoûtumer à propo-

fer *recta* au Roi fans témoins le plus d'affaires qu'ils pouront fans les metre en déliberation à leur Confeil. Le fecond , c'eft de faire leurs rapors au Roi fans aucun témoins de tout ce qui aura été déliberé à ce Confeil : il eft vifible qu'alors pouvant diffimuler les raifons du parti opofé au leur, ou les afeblir , ils fe rendron facilement les maiftres des décifions, & gouverneront ainfi le Roi chacun dans leur Département, come les Demi - Vifirs gouvernoient le feu Roi Louis XIV. & ils le gouverneront avec d'autant plus de fûreté, qu'il ne s'apercevra point d'être gouverné.

Pour colorer une pareille conduite, ils diront , 1° qu'il y a des afaires preffées, qu'il faut décider fur le champ 2° Qu'il y en a qui demandent du fecret , & qu'il n'eft pas befoin de lés faire baloter en plein Confeil. 3° Qu'il y en a d'autres, qui quoi qu'importantes font toutes décidées par elles mêmes : qu'enfin il y en a plufieurs qui ne font pas affez importantes pour ocuper une compagnie entiere dans fes déliberations, ils diront que l'expedition des affaires en eft plus pronte, qu'aprés tout le Roi voit auffi clairement lui feul , ce qu'il eft plus à propos de faire, que tous les Confeillers enfemble , qu'il n'y a que les chofes dificiles & douteufes, où l'on ait befoin de confeil , & qu'il y en a peu de cete efpece pour un grand génie ; enfin les raifons aparentes & flateufes ne leur manqueront pas.

Les Préfidens prendront ainfi peu à peu chacun dans leur Département la même autorité qu'avoient les Demi-Vifirs fous le feu Roy, les Confeillers de l'Etat ne feront plus, pour ainfi dire ; que leur premiers Comis, & voila l'ancien Gouvernement rétabli parmi nous fous des noms diferens, & la *Polyfynodie* redevenüe *Demi-Vifirat.*

Si

Si le Roi devient infirme, pareſſeux, ou voluptueux ou
d'une humeur difficile, il s'atachera davantage à un Préſident flateur, agreable, ſpirituel, aſſez ambitieux pour
être & fort complaiſant, & fort laborieux qu'à un autre
qui aura plus de droiture, plus de fermeté & moins d'a-
grémens dans les manieres, qui ſera moins déſintereſſé
& moins laborieux, & l'on verra que les places des Préſidens venant à vaquer, le Roi réünira deux ou trois
Places ſur une ſeule tête, & voilà le veritable Viſirat qui
reviendra parmi nous par dégrez inſenſibles.

Si le Roi craint le travail, s'il devient vieux il ſe trouvera d'autant plus diſpoſé à ſe confier à celui qui s'ofre
de le décharger de toute la peine. D'ailleurs plus le Roi
aura bone opinion de ſa propre capacité, & du peu d'habileté des autres, plus il ſe trouvera diſpoſé à écouter les
choſes que lui dira le Préſident pour lui faire mépriſer
les avis des Conſeillers, & même pour les faire regarder
les uns come des faineans, des moqueurs, des indiſcrets,
des ignorans; les autres pour des envieux, pour des mu-
tins, pour des factieux, & quelques-uns pour gens capables de corruption.

On peut dire qu'en faiſant atention d'un coté au penchant que les Rois come la plûpart des autres homes ont
à la pareſſe, à la volupté & à la préſomption, & qu'en
faiſant atention de l'autre à l'ambition, qui eſt naturel
aux principaux Miniſtres, tout Gouvernement Monarchique tend naturellement & par ſon propre poids au Viſirat, & s'en aproche ſenſiblement tous les jours, come
tout Gouvernement Républicain s'aproche tous les jours
naturelement du Monarchique.

Si nous avions ſûreté ſuffiſante d'avoir toûjours pour
Préſidens de veritables Catons, qui par amour de la belle

M

gloire & de la vertu, penchaſſent toûjours davantage vers
le bien de l'Etat que vers leur interêt particulier, j'avoüe
que mon Objection n'auroit aucun fondement, mais
plus l'homme eſt ambitieux, plus il eſt capable d'une profonde hypocriſie, juſqu'à ce qu'il puiſſe ſe montrer *impunément* dans tout ſon naturel : & qu'y a-t il de plus ordinaire, que de voir rechercher avec le plus d'empreſſe-
ment les plus hautes places par ceux qui ont le plus de
cette ſorte d'ambition, qui aproche plus du vice que de
la vertu ?

Après tout, la Polyſynodie, cete forme de Gouvernement ſi belle dans la ſpéculation, doit être regardée
come un Gouvernement contre nature, qui par conſéquent ne ſauroit durer, ſur tout tandis que la Préſiden-
ce ſera permanente, & que l'on n'aura point trouvé le
ſecret de partager l'autorité également, ou preſqu'également entre les Conſeillers de l'Etat, ce qui eſt un ſecret
introuvable : or dès que la Polyſynodie n'eſt pas durable,
il valoit autant s'en tenir à l'ancienne forme de Gouvernement, à laquelle nous étions tous acoutumez, & ſe ſervir de trois ou quatre Demi-Viſirs, ou prendre un Premier Miniſtre, un premier Viſir, qui eut lui-même choiſi
les Viſirs ſubalternes à ſa fantaiſie.

RE'PONSE.

Cette Objection a quelque choſe de ſpecieux; mais
on va voir qu'en effet elle n'a rien de ſolide.

Le Regent, non plus que le feu Duc de Bourgogne,
en établiſſant la *Polyſynodie*, n'a ſongé qu'à la forme de
Gouvernement, avec laquelle il pût voir plus ſouvent
la verité des faits, & aquerir les lumieres de beaucoup
d'habiles gens, en travaillant beaucoup avec eux tous,

& affiſtant à toutes les difcuſſions d'affaires très-importantes à l'Etat : je conviens qu'il n'a pas ſongé encore à
perfectioner cet Etabliſſement au point que les Rois faineans & voluptueux puſſent en tirer plus d'avantage que
du *Viſirat*, mais la choſe eſt poſſible : & come le plus dificile eſt fait, ce qui reſte à faire eſt très-aiſé.

1° Il eſt vrai que l'ambition de ceux qui préſideront
aux Conſeils, les fera toûjours tendre à augmenter leur
crédit aux dépens des autres Membres du Conſeil, & que
ſi l'on ne trouve pas le moyen de diriger & de refrener
l'ambition déreglée des Préſidens trop ambitieux, ils rui-
neront peu à peu come de concert le plus bel Etabliſſement que l'on puiſſe imaginer : c'eſt un inconvenient fondé ſur la nature des homes ; mais enfin il y a un remede
tout trouvé, c'eſt d'établir l'égalité entiere dans les Membres, & de les faire circuler dans tous les Départemens,
& ſur tout de faire circuler entr'eux la Preſidence ; ainſi
chaque Conſeil peut tous les deux ou trois ans propoſer
trois Conſeillers, dont le Regent choiſira un pour Préſident.

Il eſt viſible que ce remede eſt infaillible, puiſqu'alors
les Preſidens pour être élûs une autre fois n'oſeront rien
faire pour empiéter ſur l'autorité de ceux qui peuvent leur
doner ou leur refuſer leur voix pour l'electon : plus ils
ſeront ambitieux, plus ils craindront de paſſer pour tels ;
on peut donc remedier *par art* à l'inconvenient de la *nature* : & ce remede, c'eſt la *circulation de la Preſidence*.

2° Nous avons déja dit qu'il eſt facile au Regent d'or-
doner aux Preſidens de ne luy parler que des afaires pro-
poſées au Conſeil, & de ne luy en parler qu'en preſence
du Raporteur de chaque afaire, ou du Conſeiller de ſemaine : & éfectivement ce qui eſt aſſez important pour

M 2

ne pouvoir être décidé que par le Regent ou par le Roy,
n'eſt-il pas aſſez important pour être mis en deliberation
au Conſeil? Et ſi le Preſident ne veut dire au Regent,
au Roy, au Conſeil General, que la verité, pourquoy
craindroit-il d'avoir un témoin de ſa conduite?

3º Il eſt vrai que les Départemens ne ſont pas égaux,
& qu'il y en a qui ont quatre fois plus d'autorité que
d'autre, cela ne peut pas être autrement par la nature des
afaires : il eſt vrai même qu'en ce ſens il eſt impoſſible
que l'autorité ſoit également partagée entre les Conſeillers d'un même Conſeil; mais dés que la circulation des
Départemens ſera établie, il eſt viſible que les Membres
ayant tour à tour les Départemens de la plus grande autorité, cet expedient rendra le partage de cete autorité
entre les Membres tout auſſi égal qu'on puiſſe le rendre :
or cete ſorte d'égalité ne ſera-t-elle pas ſufiſante pour
Empêcher l'interêt particulier de ruïner peu à peu un
Etabliſſement ſi avantageux pour l'interêt public.

Alors l'ambition des Conſeillers de l'Etat ne poura plus
tourner à la ruïne du Gouvernement : cete paſſion, qui eſt
ſi naturelle à l'home, ſi utile & en même tems ſi dangereuſe à la ſocieté, ne deviendra qu'une émulation loüable,
& tournera ainſi au profit du Roi & de la Patrie : or metre en œuvre les paſſions des homes pour l'interêt comun,
lors même qu'ils n'agiſſent que pour leur interêt particulier, c'eſt, come nous avons dit, avoir trouvé, par raport à cet Etabliſſement, ce qu'il y a de plus dificile & de
plus important dans la Politique & dès que pour rendre
ſolide l'établiſſement de la Polyſynodie, le Regent n'a qu'à
doner un peu plus d'étenduë dans la pratique à cete vûë
merveielleuſe qu'il a euë le premier pour faire circuler
les Départemens, l'objection contre la durée de cet éta-

blissement n'a plus de force.

OBJECTION XXIII.

Il y a un grand obstacle à la circulation de la Presiden-ce ; c'est que la chose n'a pas été ainsi établie dés le comen-cement, & que ceux qui ont une fois conté de presider toûjours aux autres, ne sauroient plus se resoudre à en être presidez: sur tout si les Presidens sont titrez, voudront ils avoir séance après un home non titré ? Ainsi l'on voit que cete circulation si belle dans la speculation ; devient impossible dans la pratique.

REPONSE.

1° Il n'est pas vrai que la Presidence soit établie come permanente : il n'y a sur cela aucune Declaration publi-que ; ainsi le Roi peut declarer qu'elle ne durera à l'avenir que deux ou trois ans.

2° Suposé que les Presidens se soient atendus, quoique sans fondement légitime, à presider toûjours, ne peut-on pas trouver moyen de les dédomager de cete atente ; On peut conserver les mêmes apointemens aux Ex-presidens, on peut les destiner, come nous avons dit, au Conseil General, ils peuvent même esperer de devenir Presidens. Enfin à quelque prix que l'on méte ce dédomagement, qui n'est que passager, peut-il jamais être mis en balance contre un avantage de la derniere importance, puisqu'il s'agit de rendre parfaitement solide un établissement, dont le Royaume peut atendre des biens instimables ?

3° Quand le President aime plus la Patrie que son interêt particulier, il ne prétend point de dédomagement en pa-reil cas ; il se contente de la seconde place après avoir ocu-pé la premiere ; il se contente de la reputation distinguée

qu'il peut y avoir aquife. Sous Louis XI. & fous les Rois
qui le précéderent, on voyoit fouvent dans le Parlement,
& dans la chambre des Comptes, le Premier Prefident
circuler: le Premier Prefident d'une anée devenoit Second Prefident l'anée fuivante, & quelquefois Troifiéme
Prefident la troifiéme anée, & redevenoit quelquefois Premier Prefident: mais s'il étoit continué plus d'un an, il
luy falloit une nouvelle Comiffion: or ce qui a déja été
pratiqué peut-il être regardé come impraticable? Mais
quand un Reglement trés-utile n'auroit point encore été
mis en ufage, s'enfuit-il qu'on ne doit jamais l'y métre?

4° Je dis que le Prefident, s'il eft bon Citoyen, ne demande pas mieux que de fervir fa Patrie dans la feconde
place, quand les Loix qui regardent la confervation de la
liberté & la perfection du Gouvernement ne luy permet-
tent pas de continuer à la fervir dans la premiere: il ne
demande point de dédomagement pour cela, parce qu'il
eft bon Sujet, bon Citoyen: la bonté envers la Patrie
le porte à faire plaifir à fon Péis fans efperance de recompenfe, il cede volontiers de fes droits, fans demander de
dédomagement, & l'on peut dire même qu'une pareille
conduite noble, genereufe, défintereffée, produit neceffairement une grande gloire, une grand diftinction, qui
eft elle-même un grand dédomagement. Le Grand Sci-
pion Lieutenant de fon frere dans l'Armée contre An-
tiochus, ne demandoit point de dédomagement à la République pour fervir come Lieutenant; c'eft qu'aux yeux
du Public il fe trouvoit dans une place plus brillante &
plus élevée dans fa qualité de Lieutenant, que s'il eût
été le General, le grand relief de bon Citoyen, c'eft de
rendre le plus grand fervice à fon Roy, à fa Patrie, en
fe contentant des moindres recompenfes, c'eft de metre

ces recompenses au rabais, & de pousser ce rabais plus
loin que ses concurrens; je ne blâme pourtant pas ceux
qui veulent bien servir & être bien payez, ils sont justes
sans être bons; mais ceux qui rendent service égal, & qui
se contentent à beaucoup moins, sont plus que justes,
ils sont bons envers leur Patrie, & sont sans doute beaucoup plus vertueux, & beaucoup plus loüables.

5° Je dis cecy en passant, pour marquer qu'un Président titré, qui pour le bien de la Patrie demanderoit à
être présidé à son tour par un home non-titré, loin de
faire quelque chose contre son veritable honeur & contre
sa veritable grandeur, en deviendroit beaucoup plus
grand aux yeux même du public, qui est conoisseur très-
délicat sur la vertu & sur le désinteressement : j'ai vû de
pareils sentimens dans feu M. de Vauban; mais dans un
Péis où l'amour de la Patrie s'est presqu'éteint, il faut
proposer d'autres expediens proportionez à nos mœurs
presentes; ainsi je conclus toûjours au plein & parfait dédomagement des Présidens, qui prefereront leur petit
interest particulier au grand interest du Roy & de l'Etat.

6° A l'égard de la délicatesse que les homes ont sur
le rang; c'est une prétention juste, mais c'est un interêt
particulier de peu d'importance, qui ne doit pas nuire aux
afaires publiques, sur tout lorsqu'elles sont d'une très-
grande importance; ainsi pour ne faire de peine à persone en particulier, & pour ne nuire en rien aux prétentions des diferens Corps sur les rangs, le Roi n'a qu'à
statuer par une Declaration, que la place que l'on prendra dans les Conseils, ne décidera de rien sur la préséance
dans les autres lieux, alors la séance à la derniere place
ne nuira en rien au Conseiller d'Etat, soit pour la séance au Parlement, à la Cour ou ailleurs, & ainsi il n'au-

ra point à craindre les reproches des Confreres qu'il aura dans un autre Corps, & il se placera au Conseil par
ancienneté de réception; nous avons à l'Academie Françoise des Cardinaux, des Maréchaux de France, & des
Ducs-Pairs, qui ne perdent rien du rang qu'ils tienent
ailleurs pour être assis à l'Academie au dessous d'un sim-
ple Academicien, & présidez par un home sans naissance
& même moins ancien de réception.

7° Par cete Déclaration on ouvrira la porte des Conseils à des personnes très-habiles & zelées pour le bien
public, que quelques scrupules sur leur rang, ou sur
le rang du Corps dont ils sont, en tienent éloignez, les
Conseillers sont censez égaux dans le Conseil, comme
les Academiciens dans l'Academie, parce qu'ils ont voix
égale; mais au sortir du Conseil chacun reprend le rang,
qu'il a ailleurs; ainsi les droits & les prétentions sur les
préséances demeurent dans leur entier, & le service de
l'Etat va son train, & n'en soufre aucun préjudice.

8° Quand dans les Conseils on devroit se passer de
Membres titrés, l'Etat n'en soufriroit que dans un cas,
qui est qu'il fût impossible de trouver dans des persones
d'un moindre rang autant de capacité, d'aplication au
travail, & de zéle pour la Patrie qu'il s'en trouve dans
les persones née dans un rang plus élevé, mais jusqu'icy
je n'ai vû persone qui ait foi à cete impossibilité.

9° Je sai bien que si les Finances d'un Etat se trouvoient dans un extrême désordre, & dans un entier dé-
creditement, il seroit très sage pour y aporter un prompt
remede de doner alors au plus habile, toute ou presque
toute l'autorité du Conseil de Finance. Il est certain que
l'arangement se fait plus promptement par un seul que
par plusieurs. Mais 1° cete autorité reunie en un seul,

ne

ne regarde qu'un Conseil particulier. 2° Elle n'est necessaire que lorsque les affaires sont dans un extrême desordre, ce qui est rare. 3° Dès que le plus habile aura fait enforte par ses soins que les charges de l'Etat soient régulierement payez, dès qu'il aura ainsi rétabli l'ordre & le credit, il sera plus avantageux que tout se regle dans la suite à la pluralité des voix que par un seul; car alors le Conseil de Finance, outre les lumieres de ce plus habile, aura encore les lumieres des autres Conseillers que l'on peut suposer presqu'aussi habiles, sur tout si dans la suite le Roy prend la voye de se faire proposer les trois meilleurs Sujets. Or come le plus habile n'est pas pour cela infaillible, ses Confreres le dissuaderont quelquefois des erreurs où il peut tomber, ou du moins ils empêcheront que ses erreurs ne soient jamais préjudiciables à l'Etat.

On voit donc que les obstacles qui se presentent au perfectionement, & sur tout à l'afermissement de la nouvelle forme de Gouvernement, sont si faciles à lever, qu'ils ne meritent presque pas le nom d'obstacles.

OBJECTION XXIV.

Un établissement fondé sur de si grands avantages, seroit durable, si les François pouvoient se flater d'avoir toujours des Rois fort prudens; mais on a vû à Rome des Nerons, des Caligulas, & d'autres fous de même espece, pourquoi n'en pouroit-on pas voir ailleurs? ils sont maîtres des Armes, ils peuvent faire mourir sans forme de procez ceux qui reclameront contre le renversement des Loix, ou qui voudroient faire des remontrances; alors les Loix fondamentales d'un Etat, les meilleures regles établies sont-ce autre chose entre les mains

N

des tyrans hardis & infenfez, que des regles de plomb, qu'ils rompent ou qu'ils flechiffent comme ils veulent au gré de leurs favoris.

RE'PONSE.

1°. Les Nerons font des monftres affez rares, & en a-tendant qu'il en naiffe parmi nous, qui foient capables d'agir évidemment contre leurs plus grands interêts, en renverfant les Loix fondamentales, l'Etat peut beaucoup profiter de la durée de ce falutaire établiffement.

2° Il eft très poffible que le Regent, il eft trés-poffible qu'un Roi de France figne avec les Potentats d'Europe le Traité de Police Européenne, inventé par Henry le Grand, pour conferver les Loix fondamentales de chaque Etat : or la Societé Européenne étant garante de l'execution des Capitulations Imperiales pour l'Allemagne, des Capitulations Parlementaires pour l'Angleterre, des Pacta Conventa pour la Pologne, ne pourroit-elle pas l'être auffi de l'execution des Capitulations Royales fignées aux Sacres des Rois pour la forme du Gouvernement, lorfque cete forme feroit paffée en Loy fondamentale, & après tout garantir les Rois de tomber dans la tyranie des Nerons, n'eft-ce pas les garantir eux & leur pofterité de leur ruine totale?

3° On peut faire paffer le Reglement de la Polyfynodie en forme de Loy fondamentale dans les Etats Generaux & la faire jurer au Sacre des Rois, & lui donner ainfi la même autorité que la Loy Salique, qui donne au Roi tout fon droit, au préjudice des defcendans des filles des Rois.

OBJECTION XXV.

Ce qui dégoute de travailler à former des Etabliffe-

mens avantageux pour les Rois & pour leurs Sujets, c'eſt
leur peu de ſolidité; un jeune imprudent, préſomptueux,
étourdi, pouſſé par un grand nombre de jeunes préſomptueux, ſes flateurs & ſes favoris, ſoûtenus par quelques
Miniſtres ambitieux, peut renverſer en un jour ce qui a
coûté dix ans de travail à un Prince très ſenſé à établir
& à perfectionner.

Je veux que quelque Politique ait démontré évidemment que la Polyſynodie eſt beaucoup plus avantageuſe
pour le Roi que le Viſirat & que le Demi-Viſirat, ſi cete
démonſtration n'eſt pas conuë de tout le monde, ſi elle
eſt oubliée, à quoi ſervira-t-elle?

Si cete forme de Gouvernement ne paſſe en forme de
Loy fondamentale de l'Etat, le Roi & ſes Favoris dai-
gneroient-ils jeter les yeux ſur les preuves de cete démonſtration; & coment doner à cet Etabliſſement la forme de Loy fondamentale, qu'en ordonant en pleins
Etats Generaux, que les Rois jureroient de l'obſerver come les autres Loix fondamentales?

RE'PONSE.

Qui empêche le Regent, qui empêche le Roi de faire
travailler à cete démonſtration? qui empêche quand elle
ſera perfectionée, d'y ajoûter copie des Edits, des Déclarations & des autres Statuts qui auront ſervi à former
& a perfectioner cet Etabliſſement? qui empêche de faire recevoir dans les Etats Generaux cete forme de Gouvernement come Loy fondamentale? qui empêche de
mettre en dépôt des copies autentiques ſignées de lui,
tant des Edits & Déclarations que de l'Ordonance des
Etats Generaux & du Memoire fondamental des motifs
de ces Actes dans les Greffes de tous les Parlemens & de

toutes les Compagnies Superieures ? qui empêche de faire imprimer le tout, & d'enseigner ces motifs dans les Ecoles Politiques quand il y en aura d'établies, afin que les grans avantages de cete Loi, soient toûjours presens aux yeux de tout le monde, & que nul n'ose proposer de la renverser sans être sûr de s'atirer le mépris de tous les gens sensez, & la haine publique de la Nation.

OBJECTION XXVI.

Vôtre proposition pour doner *aux Ex-Présidens* l'entrée & voix déliberative dans les autres Conseils, afin qu'ils puissent s'instruire plus exactement de plusieurs genres d'afaires, & devenir plus capables d'ocuper dignement une place dans le Conseil *General*, priveroit le Conseil particulier, où ils ont présidé de leurs lumieres.

REPONSE.

1º *L'ex-President* ne seroit pas obligé de s'absenter tout-à-fait du Conseil où il auroit présidé ; car ce Conseil ne tenant pas tous les jours, il n'assisteroit à un autre Conseil, que le jour où le sien vaqueroit.

2º S'il s'absentoit de son Conseil, ce seroit pour porter ses lumieres & son travail dans un autre, & pour mieux servir l'Etat un jour dans le Conseil General ; d'ailleurs la place qu'il quiteroit par exemple dans le Conseil de Finance, pour entrer dans le Conseil de Comerce, seroit remplacée par un Ex-President du Conseil de Comerce, qui viendroit travailler au Conseil de Finance. Cete circulation des Ex-Présidens en divers Conseils, seroit un moyen de former de ces grands génies capables de concevoir des projets beaucoup plus étendus & beaucoup plus reguliers, pour faire faire au Gouvernement un progrez beaucoup plus grand, & beaucoup plus prompt.

3º *L'ex-Préfident* qui n'auroit point de vûë pour être un jour placé dans le Conſeil General, ſe diſpenſeroit, s'il vouloit, d'aler s'inſtruire de tous les genres d'afaires dans les autres Conſeils, il pouroit ſe charger du Département qu'avoit le noûveau Preſident.

4º Les plus habiles convienent qu'une des cauſes qui contribuoient le plus à former de grands homes chez les Romains, du tems de la République, c'eſt qu'ils ſe mêloient également du Gouvernement Civil & du Gouvernement Militaire. & ſouvent même de la partie du Gouvernement, qui regardoit la Religion ; les talens de nos grans eſprits ſont preſentement bornez à un genre d'afaires, c'eſt ce qui fait qu'entre diferens Etabliſſemens utiles, qui ſe propoſent, nos plus habiles Miniſtres ne ſauroient quelquefois décider avec ſûreté, lequel eſt préferable, & de combien il eſt préferable aux autres.

5º L'homme de Guerre jugera bien entre deux Etabliſſemens, qui regardent la Guerre, lequel eſt le plus utile, mais il ne ſauroit juger lequel eſt préferable entre un Etabliſſement de Guerre & un Etabliſſement de Police, de Finance, de Comerce &c. cependant faute de cete étenduë de conoiſſance dans chaque Conſeiller du Conſeil General, il arivera ſouvent que dans ce Conſeil, le parti le moins avantageux ſera préféré ; & d'ailleurs l'on employe quelquefois un fonds & un tems précieux à faire un Etabliſſement de peux de conſéquence, tandis que l'on pouroit employer le même tems & les mêmes deniers à en former un autre, qui ſeroit cent fois plus important.

6º Les homes ne ſont pas aſſez heureux pour n'avoir point d'inconvenient à craindre, quelque forme de Gouvernement qu'ils choiſiſſent, mais la plus dangereuſe eſt celle, où ceux, qui ont l'autorité entre les mains, peuvent en abuser *impunément*; c'eſt ce que j'apele Deſpotiſme; or chacun dans ſon employ, quand cet emploi eſt regardé come fixe & permanent, a bien plus de facilité d'abuſer de ſon autorité *impunément*, & d'y exercer peu à peu une eſpece de Deſpotiſme. Et l'on ſait que quand l'home public ne croit point avoir de comte à rendre de ſes actions, ſes fantaiſies, ſes interêts particuliers ont plus de part à ſa conduite que la raiſon, je veux dire, que l'interêt public; mais qu'il craigne pour juge de ſes actions un ſucceſſeur ſon rival, il aura une conduite toute diferente, & par conſequent très-utile à ſa Patrie.

7° Conſultez la forme de Gouvernement des plus ſages Comunautez Religieuſes, pourquoi y pratique-t-on dans toutes la circulation dans la Superiorité? c'eſt que les Aſſociez redoutent le Deſpotiſme come la ſource des plus grans inconveniens de la Societé. L'abus de l'autorité vient de deux ſources principales. 1° Moins de lumieres pour voir en chaque ocaſion ce qui eſt le meilleur à la Societé que l'on gouverne. 2° Moins de reſſort pour préferer l'interêt public de cete Societé à ſon interêt particulier : ils peuvent craindre en redevenant ſubalternes, qu'on ne leur reproche leurs fautes paſſées, ils peuvent deſirer une nouvele place de Superieur; or cete crainte & ce déſir eſt un reſſort de moins que n'ont pas les Superieurs perpetuels pour ſe bien gouverner. Et je ne ſay ſi la premiere ſource de la corruption qui s'eſt miſe dans les Monaſteres, ne vient pas de ce qu'autrefois il n'y avoit point de circulation dans la Superiorité, les Abez étoient perpetuels; or un Abé qui ſe relâchoit n'avoit pas de peine à introduire peu à peu le relâchement dans ſa Maiſon.

OBJECTION XXVII.

Je croi bien que pendant la Regence, lorſqu'il s'agira de nomer de nouveaux Conſeillers de l'Etat à des places vacantes, le Regent y nomera des Sujets excélens, & tels que ces Conſeils auroient eux-mêmes choiſi, s'ils avoient eu la liberté du choix; mais quand après la Regence, la porte ſera ouverte à la faveur, à la recomandation, quand elle ſera ouverte à l'or, à la coruption, ces places mêmes ſe vendront ſous main, non aux honêtes gens, qui ſe feroient ſcrupule de les acheter, mais à des fripons, qui acheteront l'autorité & le pouvoir de piller *impuné-ment*, & qui vendront à leur tour la juſtice & l'injuſtice.

Je conviens que ſi preſentement que les Conſeils ſont pleins de Membres, que la réputation de leur probité & de leurs lumieres y a placé, le Regent leur donoit droit de ſe choiſir des Membres, ils en choiſiroient de tels, qu'ils feroient honeur à leur Compagnie; mais le Regent voudra-t-il renoncer au droit du choix, j'en dis autant du Roi regnant, & des Rois futurs; donc à ne juger de l'avenir que par la nature des homes, qui aimeront toûjours peu l'interêt public, & beaucoup leur interêt particulier, à juger du crédit des favoris & des maîtreſſes, ces Conſeils ſe rempliront peu à peu de gens corompus & de peu de capacité, à peu près come il eſt arrivé aux Conſeils de Madrid en moins d'un ſiécle, parce que Philipe II. qui les établit, ou du moins qui les reforma, ne ſongea pas à laiſſer joüir de ſon vivant ces Conſeils du droit de lui preſenter trois ſujets à chaque place vacante, & de deffendre ſous peine d'excluſion toutes ſortes de recomandations & de ſolicitations.

Il eſt évident que les Membres d'une Compagnie de

gens habiles & de probité conoiſſent mieux que le Roi,
ſoit par eux-mêmes, ſoit par leurs amis, tous ceux qui
ſont les plus dignes d'y entrer, ils ſont plus intereſſez à
choiſir ceux qui peuvent faire plus d'honeur à la Compagnie, & qui peuvent produire plus d'utilité à l'Etat,
dont ils ſont partie, qu'à choiſir pour Compagnons des
gens de médiocre probité & de médiocre eſprit.

Il eſt évident de même, que le Roi n'a point de plus
grand interêt, lorſqu'il a à choiſir, ſinon que ce choix
tombe ſur le meilleur ſujet, ou ſur l'un des trois meilleurs
que l'on y puiſſe placer.

Il eſt certain que le Roi s'épargneroit ainſi la peine de
chagriner cent refuſez, & leurs Protecteurs & leurs Pro-
tectrices, il épargneroit la peine qu'il y a à faire une injuſtice au particulier & au public, & s'épargneroit à lui-
même un grand préjudice, parce qu'il ne ſeroit plus forcé de choiſir le moins digne pour plaire à une perſonne
qui eſt en faveur.

Mais enfin les courtiſans, les favoris détourneront toûjours le Regent, le Roi de laiſſer ce choix aux Conſeils,
& éfectivement le favori y perdroit, ſi au lieu de pouvoir
choiſir ſur trois cent mauvais, il ne pouvoit plus choiſir que ſur trois excélens, dont aucun ne ſeroit ni pa-
rent, ni ami de ce favori, ni capable de lui promettre
aucun preſent.

Il faut compter que dans la Societé, l'interêt particulier combat inceſſament & fortement contre l'interêt public, & devient ſouvent ſuperieur, & ruine la Societé, à
moins que le Legiſlateur ne diſpoſe les Loix & les Reglemens, de ſorte que les particuliers ne puiſſent avancer vers
leur propre interêt qu'à proportion qu'ils procureront l'interêt des autres, & ce ſont ces Reglemens qu'il eſt mal-aiſé
de

de trouver en chaque matiere, & encore plus mal-aifé d'établir.

RE'PONSE.

1º Je ne vois pas pourquoi le Regent ne doneroit pas aux Confeils le droit d'élire trois fujets, & ne feroit pas des Statuts pour la forme de cete Election, s'il eft vray que c'eft le moyen le plus propre pour faire durer cet Etabliffement, & pour remplir toûjours les Confeils des meilleurs fujets du Royaume.

2.º Dès qu'il feroit établi, que ce feroit du nombre des Intendans & des Ex-Intendans, que l'on choifiroit la plûpart des Confeillers de l'Etat, que ce feroit ceux qui fe diftingueroient le plus par leur travail pour l'utilité publique, & que les recomandations des femmes & des favoris n'y pouroient prefque rien, les prétendans s'atacheroient bien plus à s'aquiter dignement de leurs Emplois & à étudier à fonds les chofes qui y ont plus de raport, qu'à perdre la plus grande partie de leur tems à faire la Cour à ceux qui font en faveur, & aux favoris des favoris.

Si l'on y prend bien garde, les Rois n'ont rien à doner, ils n'ont rien à diftribuer, que come Juges entre ceux qui ont rendu ou qui peuvent rendre plus de fervice à l'Etat, ils n'ont rien de mieux à faire que de juger alors felon les regles les plus étroites de la Juftice; on peut dire même que l'obfervation exacte de cete Juftice eft leur plus grand interêt, & qu'elle eft également l'eflet de la plus haute vertu come de la plus profonde habileté. Je parle plus amplement de l'avantage que le Roi tireroit d'acorder aux Compagnies ce droit de propofer trois fujets dans le Difcours, pour les Dignitez perfonelles.

OBJECTION XXVIII.

Il eft vrai que par la circulation les Confeillers feront

inftruits de plus de matieres, mais ils feront moins pro-
fonds en chacune, d'ailleurs il faudra au moins trois mois
à chacun d'eux, pour fe metre bien au fait de la nouvelle
matiere, & pendant ce tems là les afaires en foufriront.

RE'PONSE.

1º Celui qui raporte à un Confeil une afaire, la raporte
bien mieux quand il connoît à fonds plufieurs matieres,
aufquelles cete afaire a raport, que lorfqu'il n'en a qu'une
conoiffance très-fuperficielle; or la plûpart des matieres
d'un même Confeil ont entr'elles un raport qu'il eft inpor-
tant de conoître exactement pour mieux choifir les principes de décifion; ainfi il eft évident que la meilleure maniere d'être profond dans une matiere, c'eft de la voir
d'un point de vûë plus elevée, pour en conoître plus facilement les principaux raports.

2º Tout le monde fait qu'un home de Finances, qui
eft acoutumé à raporter & à expedier une efpece d'afaire,
& qui a oüi raporter pendant quatre ou cinq ans un grand
nombre d'afaires, dont il va être chargé, ne fera pas
quinze jours fans être au fait du détail de cete efpece d'a-
faires, & peut dès les premiers jours faire un raport trés-
fenfé fur les principes neceffaires à la décifion.

3º Come celui qui en fort conoit bien la matiere, &
que le refte des Confeillers la conoiffent auffi un peu,
on voit qu'il n'y a point à craindre, que fur les premiers
raports d'un Raporteur nouveau, le Confeil prenne de
mauvais partis; les afaires feront donc auffi promptement
& auffi fagement décidées & expediées dans les comencemens du changement du Département, donc elles n'en
foufriront point.

4º Quand elles en foufriroient quelque peu dans les
comencemens ce qu'elles y gagneroient dans la fuite par

l'augmentation de lumieres, recompenſe avantageuſe-
ment de cete perte.

5° Quand cete perte que l'on ſupoſe qui ſe fera dans ce
comencement, ne ſeroit pas recompenſée par la ſuite,
elle ne pouroit jamais être miſe en balance avec la moitié des inconveniens atachez à la *non-circulation*, ni à tous
les avantages poſitifs *de la circulation* dont nous avons parlé.

OBJECTION XXIX.

Je comprens bien que pour éviter les malverſations
des Secretaires, il eſt à propos qu'ils changent auſſi de
Département ; mais qui eſt-ce qui mettra le nouveau
Conſeiller au fait, ſi le Secretaire ancien ne travaille pas
avec lui ?

REPONSE.

Je ſupoſe un Secretaire, ou deux Sous-Secretaires dans
chaque Département ; or il ſufit de laiſſer huit jours le Secretaire dans ſon Emploi ancien, pour metre au fait pendant ce tems là le Conſeiller qui comence à travailler,
& pour inſtruire en même tems ces deux Sous-Secretaires,
& huit jours après chaque Secretaire ſera mis au fait de
ſon nouvel Emploi, tant par ſon Superieur, que par les
deux Sous-Secretaires, & puis quand il aura quelque
douté, quelqu'éclairciſſement à demander, les Scretaires
ſavent bien où ſe trouver, & tout cela ſe fait ſans que ni
les afaires, ni les particuliers en ſoufrent preſque rien.

On peut dire même que les Secretaires en profitant
ainſi des lumieres des uns & des autres, en deviendront
beaucoup plus habiles pour rendre les expeditions plus
promptes, & le travail beaucoup plus facile, ce qui ſera
au contraire un nouvel avantage pour les afaires.

Enfin ſi le Regent doute encore ſur les avantages & ſur
la poſſibilité de la circulation, il n'a qu'à prier quelqu'un

de ceux qui ne l'aprouvent pas de metre fes raifons par
écrit, il n'aura qu'à faire examiner enfuite *le pour & le
contre* au Confeil de l'Examen, cete méthode eft toute
fimple, il n'y a point d'obfcurité qu'on n'éclairciffe, il
n'y a point d'obftacles furmontables que l'on ne puiffe
furmonter avec une pareille métode, & le Roi l'aura toûjours fous fa main, quand le Confeil fera perfectioné.

OBJECTION XXX.

Le Confeil de Religion feroit utile à l'Etat, s'il étoit
continuellement ocupé à trouver les moyens non - feulement de concilier les maximes faintes de la Religion avec
les vûës raifonables de la Politique, & à faire raporter
tout à la pratique de la Charité, come au but comun &
au but principal de l'une & de l'autre, but où elles tendent, l'une pour rendre les homes heureux dans la vie prefente, l'autre pour les rendre heureux dans la vie future.

Ce Confeil feroit utile à l'Etat & à l'Eglife, fi l'on y
diftribuoit des récompenfes à ceux qui doneroient les
meilleurs Mémoires pour raprocher de plus en plus la
meilleure Politique de la meilleure difcipline, & la meilleure difcipline de la meilleure Politique, & il y a cent
articles importans où elles s'éloignent l'une de l'autre, &
où elles ne s'aprochent pas affez, & qui demanderoient
de bons Reglemens; ce Confeil feroit utile s'il propofoit
à ceux qui afpirent aux Benifices, les moyens de fervir
l'Eglife & l'Etat par de bons Mémoires, & par d'autres
bons Ouvrages; ils montreroient pas leurs travaux la diference de leurs talens, fur tout en éclairciffant les ufur-
pations Romaines, ce Confeil feroit utile s'il pouvoit
ainfi en conoiffance de caufe, propofer au Roi les trois
meilleurs Sujets pour chaque Bénefice, en obfervant de
préferer pour les grandes Abayes & pour les Evêchez

ceux qui ont de la naiſſance & du mérite, à ceux qui n'ont que du mérite.

Mais pour cela, il faudroit que ce Conſeil fut compoſé d'un plus grand nombre d'Evêques & d'Exevêques & de Conſeillers ſéculiers, tous choiſis entre les plus habiles tant dans la Politique que dans la Doctrine & dans la diſcipline de l'Egliſe, afin de doner à cete Aſſemblée encore plus d'autorité ſur les eſprits; or cela n'étant pas ainſi, ce Conſeil n'eſt preſque d'aucune utilité.

REPONSE.

Rien n'empêche que l'on n'ajoûte à ce Conſeil un nombre ſufiſant de Conſeillers; rien n'empêche que l'on y délibere de toutes ces matieres, rien n'empêche que ce Conſeil ne puiſſe tous les jours come les autres Conſeils recevoir quelque dégré de perfection, il eſt déja très-utile, mais rien n'empêche qu'il ne puiſſe devenir d'une beaucoup plus grande utilité.

OBJECTION XXXI.

L'Etat eſt ſurchargé de detes, & cependant les apointemens des Conſeillers de l'Etat & de leurs Comis montent à plus de quatorze cens mille livres, au lieu que ſous le Demi-Viſirat, ces apointemens n'aloient pas à ſept cens mille livres.

REPONSE.

1º La difference ne peut jamais être de cinq cens mile livres, & c'eſt peu de choſe en comparaiſon des grands avantages que procure la Polyſynodie.

2º Tout le monde ſait que les Viſirs & les Demi-Viſirs ſe ſont fort enrichis dans leur Miniſtere, je veux bien croire que ce n'a pas été par des voïes illegitimes, mais il demeure conſtant que ſoit preſens, ſoit dons, ſoit gra-

tifications, c'eſt toûjours aux dépens de l'Etat. Le Cardinal Mazarin en dix-huit ans de Miniſtere, outre la grande dépenſe de ſa Maiſon, a amaſſé plus de 36. millions,
qu'il a doné à ſes neveux & à ſes nieces, il amaſſoit donc
deux milions par an au dépens de l'Etat.

3º. Si on vouloit examiner les fortunes des Sous-Miniſtres & de leurs Comis, qui ont eu part aux afaires publiques durant ſon Miniſtere, on trouveroit que tous enſemble ils n'ont pas moins amaſſé que leur Maître, à
pêu près come les branches d'un arbre profitent toutes
enſemble, & peſent à peu prés autant que leur tronc;
ainſi au lieu de dire que le Viſirat coûtoit à l'Etat 500.
mile livres de moins que la Polyſynodie ne lui coûte preſentement, on peut dire au contraire avec beaucoup de
fondement, que cette Polyſynodie épargne à l'Etat au
moins trois millions cinq cens mille livres par an.

Je ne done point pour exemple le Demi-Viſirat du
dernier Regne, je ne veux point déſobliger des Familles
que j'aime, que j'honore, que je reſpecte, & d'ailleurs
ce que j'ai aporté en preuve contre le Viſirat, ſert de preuve égale, ou à peu prés égale contre le Demi-Viſirat.

4º. La raiſon de cete épargne de l'Etat, c'eſt 1º que les
Conſeillers de l'Etat ne veulent & n'oſeroient faire aucun
profit illegitime, ni recevoir aucun preſent des Sujets du
Roi; or on ſait aſſez que les Comis pouvoient en recevoir autrefois, ſur tout lorſque les Sous-Miniſtres leurs
maîtres y avoient part, & que ces Sous-Miniſtres n'a-
voient rien à craindre, pourvû que le Premier Miniſtre
ou le Viſir y eût auſſi une part proportionnée. 2º Les
Conſeillers de l'Etat s'obſervent trop les uns les autres
pour oſer rien faire contre le devoir le plus exact; ainſi
on peut dire que leur mutuelle jalouſie tourne au pro-

fit de l'Etat. 3° Si le Roi faifoit quelque gratification ou prefent à l'un d'eux, il ofenferoit tous ceux qui meritent & qui croyent meriter également; or la crainte qu'aura le Roi de défobliger le plus grand nombre par de pareilles diftinctions tournera encore au profit de l'Etat. Je ne croi donc pas qu'il foit neceffaire de rien retrancher de leurs apointemens.

5° Quand la Polyfynodie coûteroit à l'Etat en gages & apointemens, le double, le quadruple du Vifirat, s'il n'y a pas le quart des friponeries & des malverfations dans la Polyfynodie que dans le Vifirat, & dans le Demi-Vifirat, fi la Polyfynodie aporte cent fois plus de profit à l'Etat, en verité peut-on avoir regret à une dépenfe, ou plûtoft à une efpece d'avance qui raporte cent pour un.

Je ne dis pas qu'il ne puiffe y avoir des Confeillers de l'Etat qui pouroient être encore plus utilement ocupez, mais ce n'eft pas la faute de la Polyfynodie en general, c'eft peut-être un petit défaut d'une Polyfynodie particuliere, où il eft facile de remedier.

6° Quand il feroit raifonable de retrancher pendant quatre ou cinq ans la moitié des apointemens du Confeil de Regence & des Préfidens, & le quart des apointemens des autres, jufqu'à ce que les revenus de l'Etat fuffent augmentez, & les charges diminuées, chofe dont je ne conviens pas, cela ne prouveroit rien contre la Polyfynodie en general, ni contre la Polyfynodie de la Monarchie; c'eft feulement un retranchement qui regarde l'Etat de nos afaires prefentes, c'eft un cas particulier qui n'eft que paffager, & il demeure toûjours conftant que la Polyfynodie eft la forme du Goûvernement où les Miniftres de l'Etat les plus corompus trouveront toûjours plus de dificultez à s'enrichir exceffivement aux

dépens du Roi & de l'Etat, & par conſequent c'eſt la
forme la moins à charge au Royaume, ainſi c'eſt un vingt-
uniéme avantage très-réel de la Polyſynodie, auquel je
n'avois pas penſé & que l'Objection m'a fait remarquer.

OBJECTION XXXII.

La Polyſynodie loin d'avoir doné au Regent plus de
loiſir que n'en avoit le feu Roi, n'a fait que multiplier
ſon travail, il a come le feu Roi, la ſignature des Or-
donances & des autres Expeditions ordinaires, qui lui emportent beaucoup de tems par jour ; il a beaucoup de déciſions à faire que faiſoient les Demi-Viſirs : or ce grand
travail eſt audeſſus des forces de tout home, qui n'aura
ni la même ſuperiorité de génie, ni par conſequent la
même facilité à travailler : d'un autre côté peut-on com-
ter que le Regent laiſſe par ſucceſſion à tous les Rois futurs cete même ſuperiorité d'intelligence, eſt-ce une choſe dont la France puiſſe ſe flater ? Or dès qu'un Prince
d'un genie médiocre aura eſſeyé de la grandeur du poids
du Gouvernement & de la peine du travail, il cherchera
bientôt un Miniſtre principal, ſur qui il puiſſe ſe décharger d'un fardeau ſi peſant, n'eſt-ce pas le train ordinaire
de la nature ? Vôtre bel Etabliſſement eſt donc impoſſible à ſoutenir par les Rois futurs.

REPONSE.

1° Qui empêche que le Regent ne done à trois Com-
miſſaires de chaque Conſeil, le pouvoir de ſigner pour
lui les Expeditions ordinaires concernant ce Conſeil, &
de faire circuler tous les trois ans ces Comiſſaires ; de
ſorte que quand il en arrivera un nouveau, il y en ait
deux anciens, & d'établir que l'on n'aura recours au Roi,
ou au Regent, pour ſigner, que dans les cas extraordinaires,

naires, où lorſque les trois Comiſſaires ne ſeront pas d'a-
vis uniforme, les Contrats de l'Hôtel de Ville ne ſe ſi-
gnent-ils pas par des Comiſſaires ou porteurs de pouvoir?

2.° S'il arive quelque conteſtation entre ces Comiſſaires,
ne peut-elle pas être décidée par le Conſeil General à la
pluralité des voix, en l'abſence même du Roi, car la pluralité fait le même éfet que l'unité ; ces déciſions que fait
le Regent lorſqu'elles ſont moins importantes, & en grand
nombre, ne peuvent-elles pas ſe faire en dernier reſſort par
chaque Conſeil particulier, & lorſqu'elles ſont tres-importantes, ne peuvent-elles pas ſe faire par le Conſeil
General, même en l'abſence du Roi, auſſi utilement
pour l'Etat, que ſi elles ſe feſoient par le Roi ſeul ; or
en uſant de cete métode, le fardeau du Gouvernement ſe-
roit-il ſi péſant pour le Roi ? Tout le poids du Gouvernement tomberoit ſur les conſeils, & tout ſe Gouverneroit ſelon les Reglemens anciens, juſqu'à ce que l'on y eût ajoûté
de nouveaux dégrez de perfection par des Reglemens
nouveaux; ainſi la machine iroit d'elle-même, & iroit bien.

3.° Je ſai bien que tandis que les gratifications, les Emplois, les Benefices, les Penſions & les autres récompenſes de l'Etat ne ſeront pas renvoyez aux diférens Conſeils,
afin qu'ils noment chacun dans ſon Département les trois
ſujets les plus utiles à l'Etat ; un jeune Roi poura par ignorance faire dans cete matiere beaucoup d'injuſtices, &
par conſequent des fautes trés-importantes par raport à
ſes interêts, & aféblir ainſi trés-conſiderablement le principal reſſort de l'Etat, mais qui l'empêche de prendre un
parti auſſi ſage ?

N

4.° Ce qui demande le plus grand travail du Regent,
c'eſt de trouver d'un côté les moyens de diminuer le travail des Rois futurs, & de leur doner de l'autre les moïens

N

P

de se passer de Visirs, mais Dieu-merci ce travail n'est pas audessus des forces de ce Prince, sur tout s'il se procure un peu plus de loisir en faisant faire par des Commissaires la plûpart des choses qu'il a bien voulu prendre la peine de faire lui-même jusqu'à present pour se mieux instruire des détails, alors il aura assez de loisir pour méditer utilement sur les choses qui demandent le plus d'effort d'esprit.

5° Je ne prétens pas qu'il ne soit trés-utile à un Roi d'avoir fait par lui-même au comencement de son Régne certains travaux qui sont de la fonction ou d'un Ministre, ou même d'un Premier Comis; on en voit toûjours plus clair dans les affaires generales, quand on a un peu manié les détails. Un General qui a passé par les differens Grades & Emplois de Guerre, en est meilleur General, mais s'il vouloit encore metre à ces détails d'afaires particulieres, que d'autres peuvent faire à peu prés aussi bien que lui des heures qu'il doit à des affaires generales, & beaucoup plus importantes, qui ne sauroient être bien réglées que par lui & avec un loisir sufisant, il ne seroit plus bon General, parce qu'il manqueroit de bon sens; la premiere chose qu'un Ministre voit en entrant en fonction, c'est qu'il ne sçauroit tout faire par lui même, & qu'ainsi il est dans la necessité d'abandoner à ses Comis & à ses Subalternes les travaux les moins importans, quoiqu'il voïe qu'ils y feront quelquefois des fautes qu'il n'y feroit pas; le Roi non plus que ses Ministres n'a que quelques heures à travailler par jour; or s'il vouloit faire par lui-même ce que ses Conseils & ses Ministres peuvent faire, quoiqué moins bien que lui, il négligeroit necessairement ce qui est de plus important, & ce que lui seul peut faire; or préferer le moins important au plus important, ne feroit-ce pas manquer de bon fens?

OBJECTION XXXIII.

Plus le Regent a de lumiere & de facilité dans le travail, & plus il eft difpofé à croire que fon travail feroit facile à tout autre; il fe trompe, & ce qui eft de facheux, c'eft que cete erreur le portera à négliger d'inventer tous les moyens poffibles pour doner à fa machine un mouvement perpetuel, durable, & ce qui eft de la derniere importance un mouvement indépendant de luy.

Ainfi il eft fort à craindre que fa belle machine ne dure gueres plus que lui; il faudroit qu'il s'acoûtumât à renvoyer tout aux diferens Confeils, & que les Confeils eux-mêmes s'acoûtumaffent à décider tout ce qu'il eft prefentement obligé de décider feul, il faudroit qu'il trouvât les moyens de faire que fon Etabliffement pût fe paffer peu à peu de lui *pour le courant ordinaire* des afaires; or il eft fort à craindre que tout ce qu'il fait par lui-même, il ne trouve jamais les moyens de le faire faire, à peu prés auffi bien tant par les Confeils particuliers que par le Confeil General.

RE'PONSE.

1° J'avouë que cete Objection eft la plus forte de celque l'on m'a faites fur la durée de l'Etabliffement, & il faut avoüer que ce feroit un grand défaut pour la beauté de la machine, fi l'ouvrier ne la pouvoit pas laiffer en état de fe paffer de lui, mais je ne vois pas qu'il foit impoffible qu'il y parviene peu à peu.

2° Il eft fort intereffé à rendre un fi bel Etabliffement durable, lui qui a prefque tout l'honeur de l'invention, & qui a fûrement tout l'honeur de l'execution, qui eft encore plus grand, puifqu'il a furmonté des obftacles,

qui euſſent été éfectivement inſurmontables pour tout
autre que pour lui.

3°. Il eſt intereſſé à ſe débaraſſer le plus qu'il poura de
la déciſion des afaires ordinaires & particulieres, pour
avoir le loiſir de méditer ſufiſamment ſur les nouveaux
Etabliſſemens, c'eſt-à-dire ſur les afaires *extraordinaires &*
generales; après tout, c'eſt moins à moi qu'au Regent lui-
même à répondre à l'Objection; c'eſt à ce Prince & non
à autre, à doner à ce grand & merveilleux Etabliſſement
toute la ſolidité qu'il merite, & je ſuis le premier à en
prédire la ruine, même avant la premiere Regence, s'il
ne lui done pas à force de méditation & de ſoins, toute
la perfection qui lui eſt neceſſaire.

4°. Je conviens qu'il ne peut pas facilement voir lui-même combien il nous eſt neceſſaire, mais ne peut-il pas
eſſeyer une ſemaine de ne ſe mêler preſque point *du cou-*
rant d'un certain genre d'afaires, & puis voir en quoi on
auroit pû mieux faire, & metre ainſi un Conſeil particulier en état de décider les choſes à peu prés, auſſi bien
qu'elles le peuvent être ſans le Regent; ne peut-il pas
faire le même eſſai pendant quinze jours; & ainſi peu à
peu ſur chacun des autres Conſeils particuliers, & même
ſur le Conſeil General.

Loüis XIII. ne ſe mêloit point du Gouvernement, il
laiſſoit tout faire à ſon premier Miniſtre: or qui empêche
le Regent de confier aux diferens Conſeils particuliers,
& au Conſeil General, ce que ſon ayeul confioit à un ſeul
home avec cete différence eſſentielle, qui eſt que le Regent travailleroit tous les jours à diriger de mieux en
mieux, & à gouverner ſes Conſeils par de ſages Reglemens, ce qui eſt proprement la fonction du génie qui
gouverne; au lieu que Loüis XIII. loin de gouver-

ñer fon Miniftre, il en étoit lui-même gouverné.

5° Le Regent en voyant ainfi la machine aller d'elle-même, pouroit remarquer ce qu'il faudroit encore y a-jouter, ou y retrancher; alors on peut dire qu'il feroit parvenu à faire un chef-d'œuvre de Politique, & tout cela n'eft rien moins qu'impoffible pour lui: ce qu'il a fait eft incomparablement plus dificile, que ce qui lui refte à faire ainfi j'ofe prédire qu'il ne laiffera pas fon ou-vrage imparfait, & que par confequent il le rendra par fa fageffe & par fa prévoyance très-folide, & capable de refifter à toutes les tempêtes que pouront exciter dans la fuite en France l'imprudence & la folie.

OBJECTION XXXIV.

Si le Regent ne s'ocupe point à décider les afaires par-ticulieres & ordinaires de l'Etat, qui emportent prefen-tement prefque tout fon tems, s'il laiffe aux Confeils le foin de pourvoir à tout le courant, que lui reftera-t-il à faire pour le bien de l'Etat, lui qui a un efprit fi fupe-rieur & fi capable de s'élever au-deffus des voies com-munes, & de perfectioner confiderablement les meil-leurs Etabliffemens.

REPONSE.

1° Quelque capacité qu'il ait, il n'aura trouvé d'icy à long-tems les moyens de faire que les Confeils n'ayent pas befoin de lui pour regler le *courant des afaires ordinaires*, auffi-bien que s'il les regloit lui feul, on peut dire même que come ce fera un chef-d'œuvre de Politique, de trou-ver fur cet article, & de metre en œuvre tous les moyens les plus convenables, il eft impoffible que ce travail ne l'ocupe plufieurs années.

2° Supofé que dans quelque tems il en foit venu à

bout, ne lui refte-t il pas à s'ocuper des afaires extraordinaires; c'est-à-dire, de la formation des nouveaux Etabliffemens, & du perfectionement des anciens, & entr'autre de la *Police Européene* entre les Souverains Chrétiens,
ne font-ce pas ces fortes de travaux extraordinaires, qui
feuls peuvent procurer aux Etats des avantages immenfes,
& montrer à l'Univers l'étendue & la juftelle d'efprit, le
courage & la conftance des Princes qui les executent.
Entre ces travaux extraordinaires, je mets le perfectionement de la Polyfynodie, fi le Regent peut ariver à le rendre durable, & le perfectionement du Confeil de l'Examen
des Mémoires Politiques, ou du Progrez de la Politique.

Les Rois fainéans, ou d'un efprit médiocre, par le fa-
ge Etabliffement de la Polyfynodie, foûtiendront facilement le Royaume en bon état; & les Rois laborieux &
d'un efprit plus fublime, ayant plus de loifir à employer
aux afaires extraordinaires, parviendront plus facilement
à metre le Royaume dans une fituation incomparablement meilleure qu'ils ne l'auront trouvé.

Découvrir tous les jours les moyens de faire faire par
d'autres tout ce que l'on feroit foi-même pour les détails,
& augmenter tous les jours un loifir précieux pour s'employer à examiner la machine en gros, & par les principales parties, pour remedier à ce qui paroît ou fe déman-
cher, ou n'avoir pas un mouvement affez libre & affez
vif, augmenter par tout les refforts, & empêcher qu'ils
ne s'opofent les uns aux autres, entreprendre ou achever
des travaux *extraordinaires*, trèsdificiles & très importans;
voilà précifement le partage d'un grand Roi & d'un grand
génie; fon premier foin à la verité, eft d'établir un bon ordre, afin que le courant des afaires journalieres foit bien
reglé & dirigé dans les Confeils vers la plus grande utilité

de l'Etat ; mais aprés cela, c'eſt à lui de voir que le moindre progrez vers un grand deſſein eſt ſouvent mille fois
plus utile, que quelques petits arangemens dans quelques afaires particulieres, c'eſt de ſavoir faire faire par d'autres la plûpart des choſes qu'il pouroit faire lui-même, &
dont li ſeroit acablé, au lieu qu'un Prince d'un eſprit médiocre, qui ne peut venir à bout d'établir ce bon ordre
pour le courant, eſt forcé de faire lui-même ou le Miniſtre
ou le Comis, quand il eſt queſtion de faire le maître.

OBJECTION XXXV.

Si la Polyſynodie étoit ſi avantageuſe à l'Etat, ne verrions-nous pas un tel ordre dans les Finances ; que le courant des Charges ſeroit payé régulierement à terme à tous
les Creanciers de l'Etat, ſans avoir beſoin de faveur & de
recomandation pour la préférence, come on eſt péyé à
l'Hôtel de Ville ſans préférence ? ne verrions-nous pas
même une ſixiéme, une huitiéme partie des revenus de l'E-
tat employée tous les ans ou à rembourſer des capitaux, ou
à faire des travaux, ou à former des Etabliſſemens encore
plus profitables à l'Etat que la plûpart de ces rembourſe-
mens.

Il n'y avoit pour cela que trois partis à prendre ; ou diminuer ſufiſament les Charges par raport aux ſubſides actu-
els, ou augmenter ſufiſament ces ſubſides par raport aux
Charges, ou diminuer d'un côté les Charges, & augmenter de l'autre les ſubſides ; cela n'eſt pas fort dificile à
voir ; cependant tandis que les Charges de l'Etat ne ſeront point payées entierement & régulierement, peut-on
eſperer le rétabliſſement du credit public ? Quel avantage
nous a donc produit vôtre Polyſynodie.

REPONSE.

1° Cete Objection ne roule que sur ce qu'a fait, ou sur ce que n'a pas fait le Conseil de Finance, & les reproches que l'on a faits au Conseil de Finance, ne tombent nulement sur la Polysynodie particuliere établie par le Regent, & beaucoup moins sur la Polysynodie en general, qui peut se perfectioner tous les jours.

2° Sous le dernier Regne où le Conseil de Finance étoit gouverné par un seul home, le courant des Charges étoit-il mieux payé? N'avons-nous pas vû qu'il étoit dû huit années de la plûpart des gages, des pensions & des apointemens? ce n'est donc point du tout la Polysynodie qui est la cause de ce *non-payement*.

3° J'ose dire que si jusqu'à-present le Conseil de Finance n'a pas pris l'un des trois partis, ce n'est pas que chacun des Membres n'ait vû qu'il faloit en venir là, mais c'est que chacun d'eux a vû de grands inconveniens, soit à diminuer encore le principal ou l'interêt des Créanciers du Roi, soit à augmenter les subsides, ainsi ce n'est pas tant la faute de ce Conseil, si les partis que l'on a pris jusqu'ici ne sont pas *sufisans*; c'est la nature du mal, qui ne se peut guerir sans de nouvelles operations très-douloureuses? operations que le Conseil voudroit épargner aux interessez, & quelle douleur pour les Créanciers du Roi de voir encore diminuer le capital & l'interêt de leurs Créances! Quelle douleur pour les autres Sujets, de voir augmenter les impositions même en tems de Paix, pour payer les Créanciers du Roi! doit-on faire des reproches à ce Conseil d'avoir diferé ces fâcheuses operations, tandis qu'il a eu l'esperance de trouver quelqu'autre remede.

4° Un inconvenient passager & accidentel d'un seul

Conseil,

Conseil, auquel même la necessité fera trouver d'un jour à l'autre des remedes sufisans, n'est point un inconvenient qui puisse entrer en consideration contre l'Etablissement des autres Conseils, ni même contre la forme de ce Conseil, c'est come si l'on vouloit prouver qu'une machine n'est pas belle, n'est pas utile, parce quil y manque une roüe un peu plus grande, ou parce que quelqu'accident en a dérangé quelque piece; mais il n'est rien de si ordinaire que de voir raisoner de travers sur tout ceux qui soufrent : *le revenu de l'Etat n'est pas encore à niveau des Charges*, disent-ils, *donc la Polysynodie n'est pas preferable ni au Visirat, ni au Demi-Visirat ?* Plaisant raisonement, qui devroit toujours subsister dans sa force, s'il étoit bon, & qui s'évanoüira, & qui paroîtra une extravagance, *dés que ce niveau entre les Charges & le Revenu sera retabli.*

OBJECTION XXXVI.

La pluralité des Conseils divise l'autorité en plusieurs parcelles, & par consequent l'aféblit.

REPONSE.

1° La division n'aféblit l'autorité, que lorsque ceux à qui cete autorité est confiée, s'oposent les uns aux autres, & lorsque chacun des partis tâche de ruiner l'autorité du parti contraire, & de s'élever sur ses ruines, mais dans la Polysynodie la portion d'autorité qui est confiée à un Conseil, n'est employée qu'à executer les resolutions de ce Conseil, & nulement à ruiner l'autorité & le credit d'un autre Conseil.

2° Cet inconvenient de l'autorité divisée, feroit bien plus à craindre si le Roi au lieu de sept ou huit Conseils, n'avoit que sept ou huit Ministres diferens pour chaque matiere diferente; car ces Demi-Visirs n'ayant pour témoins chacun dans leur Departement que de simples Commis leurs creatures, ils ne seroient bridés que par la seule honte, aussi peu retenante à diminuer l'autorité les uns les autres, que ne peut faire un Conseil pour détruire l'autorité d'un autre Conseil, la raison en est si sensible que je ne m'amuse pas à la dire.

3° Nous ne voyons pas que dans les Républiques, où il y a divers Conseil selon la diversité des matieres, l'autorité soit en aucune façon aféblie, la preuve de l'aféblissement du Gouvernement tirée de la division & du partage de l'autorité en divers Conseil, n'est donc qu'un sophisme fondé sur une équivoque du mot *d'autorité divisée*, qui peut être pris en deux sens diferens. L'autorité divisée en plusieurs parties, qui cherchent à se ruiner l'une l'autre, aféblit le Gouvernement, cela est sans doute, mais l'autorité divisée en plusieurs parties, disposées de telle forte, que toutes ensemble conspirent incessament au même but, qui est *la plus grande utilité de l'Etat*, loin d'aféblir le Gouvernement, ne fait au contraire que le fortifier, en unissant pour son service les forces d'un nombre dix fois plus grans de génies également forts, & ils sont d'autant moins sujets à se détourner du but par des interêts particuliers, qu'ils ne pouroient pas s'en détourner *impunément*; ils sont témoins perpetuels de la conduite les uns des autres, ils marchent de Compagnie, & la Compagnie ne peut marcher que vers l'interêt du plus grand nombre; c'est-à-dire vers l'interêt public, la Compagnie peut se tromper sur les moyens, mais elle est en quelque forte infaillible ou irrépréhensible sur le but; le Visir au contraire peut se tromper sur les moyens, beaucoup plus souvent qu'une Compagnie entiere d'homes égaux à lui en lumieres, mais come il agit sans témoins, & qu'il peut préferer *impunément* en mille ocasions son interêt particulier à l'interêt public, il est impossible qu'il ne soit plus souvent réprehensible sur le but, & sur les moyens, que cete Compagnie. Cela me paroît démontré pour qui a le sens de la demonstration, & en vain j'en dirois davantage pour quiconque n'a pas cete sorte de sens.

OBJECTION DERNIÈRE.

Il est certain que s'il y avoit dans chaque Conseil des Conseillers assistans, tels que sont les Maîtres des Requêtes au Conseil de Justice, & que lorsqu'il s'agiroit de remplir une place dans un de ces Conseils : par exemple dans le Conseil de Finances, les Conseillers du Conseil de Finances pouroient choisir avec sûreté les trois d'entre les Conseillers assistans, qui auroient ou en raportant, ou en opinant, ou par leur conduite, montré plus d'étenduë, plus de justesse, plus de moderation & plus de probité, mais sans cela ne conoissant point sufisament tous les aspirans, coment seront-ils sûrs de proposer les trois meilleurs au Roi, pour remplir la place vacante ? Or coment d'un côté metre dans chaque Conseil dix ou douze aspirans qui y assisteroient régulierement, & qui y raporteroient quelquefois sans leur doner d'apointemens, & de l'autre coment leur doner des apointemens sans surcharger l'Etat ?

REPONSE.

1° Les Maîtres des Requêtes n'ont point ou presque point d'apointemens, ils acherent même leurs Charges ; cependant il s'en trouve sufisament qui sont fort aises d'avoir l'honeur d'assister au Conseil ; c'est que ces places leur aportent de la consideration, & leur done l'esperance de devenir Conseillers de l'Etat au Conseil de Justice, & pour quoi ne s'en trouveroit-il pas sufisament, qui pour avoir pareille consideration & pareille esperance, assisteroient au Conseil de Comerce, au Conseil de Finance, & aux autres Conseils.

2° Si le Roi se détermine à former le Conseil des Reglemens, ces Conseillers assistans y auroient séance dans les diferens Bureaux des diférentes matieres, & en cete qualité ils auroient deja des apointemens côme je le propose dans un

Q 2

autre Mémoire : or il est évident qu'alors le choix des Conseillers de l'Etat tomberoit toûjours avec sûreté sur les meilleurs Sujets.

RECAPITULATION.

Si la forme du Gouvernement des deux Régnes précedens
n'a aucun avantage que n'ait la Polysynodie, si au contraire
cete nouvelle forme a plusieurs avantages considerables,
que ni le Visirat, ni le Demi-Visirat ne pouroient avoir, on
peut dire que la Polysynodie est beaucoup préférable aux
deux autres. Or j'ai montré, ce me semble, avec assez d'évidence, que dans la Polysynodie, ceux qui raportent les a-
faires seront moins trompez, & tromperont moins sur les
faits, & que par conséquent les décisions fondées sur des
erreurs de fait, & si désavantageuses au bien de l'Etat, seront beaucoup plus rares.

Que les Conferences & la contradiction entre égaux, pro-
duiront dans les afaires importantes & douteuses beaucoup
plus de lumieres pour trouver & pour choisir les meilleurs
partis & les meilleurs expédiens.

Que les Ministres par l'interêt particulier de leur réputation, opinant en public, opineront beaucoup plus consta-
ment pour l'interêt public.

Que d'un côté y ayant dans la Polysynodie un nombre incomparablement plus grand de persones ocupées du bien
public que dans le Visirat, soit de ceux qui seront dans les
Conseils, soit de ceux qui voudront y parvenir, & que de
l'autre en établissant la proposition des trois sujets plus dignes par les pareils, pour obtenir ou ces places, ou des Emplois, ou des récompenses de l'Etat, chacun se piquera bien
davantage d'émulation à qui rendra de plus grans services à
la Patrie, & chaque Oficier s'apliquera alors beaucoup plus

à aquerir des conoiſſances & des talens utiles au ſervice, qu'à ſe procurer par des recomandations un merite étranger, & déſormais inutile.

Que les interêts du Roi & les interêts de ſes Sujets ſeront plus ſouvent conciliez, & que le Gouvernement en ſera ainſi plus heureux pour ceux qui ſont gouvernez, & par conſéquent beaucoup plus facile & plus durable pour celui qui gouverne.

Que le credit des femmes ſera beaucoup moins à craindre dans le Gouvernement des afaires de l'Etat.

Que les Conſeillers de l'Etat auront moins interêt que les Viſirs à ſouhaiter que les Rois vivent dans l'oiſiveté & dans la moleſſe, ſans s'apliquer au Gouvernement.

Que l'autorité étant beaucoup plus partagée, les Sujets fébles auront beaucoup plus de protecteurs contre les Sujets puiſſans; qu'ainſi il y aura beaucoup moins de vexations & d'injuſtices de la part des Demi-Viſirs, ou méchans, ou prévenus.

J'ai montré que le Roi n'ayant plus pour le Département de la Guerre un ſeul Miniſtre, mais un Conſeil entier, il ſera beaucoup moins pouſſé à entreprendre des Guerres ofenſives ſans des fondemens legitimes, & qu'ainſi nous nous en atirerons beaucoup moins de la part de nos voiſins.

Que les inconveniens de la fébleſſe des Rois trop jeunes, & de l'afébliſſement des Rois trop vieux, ſe feront beaucoup moins reſſentir, parce que les Conſeils qui ne meurent point, & qui ne s'afébliſſent point par l'âge, maintiendront l'autorité & dirigeront toûjours également le cours *des afaires ordinaires & journalieres*; qu'ainſi la Monarchie aura dans les tems fébles tout l'avantage du Gouvernement Républicain, qui eſt immortel en conſervant cependant l'avantage qu'elle peut tirer d'un Roi ſage & laborieux *pour les afaires extraordinaires*; c'eſt-à-dire, pour les Etabliſſemens & pour les Reglemens nouveaux, lorſqu'il ſera dans la maturité & dans la force de l'âge.

Q 3

Que les Rois environez de plus de lumieres, n'auront pas moins d'autorité, mais que voyant plus clair dans leurs plus grans interêts, ils éviteront beaucoup plus de mauvais partis.

Que le peuple voyant tant de Conseillers sages, habiles, équitables, zelez pour le bien public, obéira avec beaucoup plus de joye & de facilité, & qu'ainsi l'autorité du Roi en recevra une nouvelle augmentation trés-considerable.

Que nos voisins pacifiques s'uniront volontiers par des ligues défensives, avec un Gouvernement où les Conseillers ont tous un interêt particulier d'éloigner la Guerre, de conserver la paix, & de ne tendre qu'à la défensive au dehors, & au perfectionement des Loix & de la Police au dedans.

J'ai montré qu'en donant à chaque Conseil l'autorité de décider en dernier ressort les afaires dont la décision est peu importante à l'Etat, quoique très-importante à quelques particuliers, les trois quarts & demi des afaires s'y décideroient promptement & sans apel, come elles se décident au Conseil de Justice, & qu'ainsi n'y ayant que la huitiéme partie des afaires, c'est-à-dire, celles qui seront très-importantes qui fussent obligées de passer devant le Roi en plein Conseil General elles seroient examinées par deux Conseils, au lieu d'un c'est-à-dire examinées à proportion de leur importance, il ariveroit que ce qui devroit être expedié promptement le seroit, & que ce qui mériteroit beaucoup plus d'atention, & qui ne seroit pas si pressé, seroit decidé moins promptement, & avec plus de maturité. Or on a vû que par ce moyen on pouroit alier deux points qu'il faut alier dans le Gouvernement, *celerité* pour la plûpart des afaires, & *maturité*, ou *examen sufisant* pour les autres; c'est qu'il y a deux sortes d'afaires très-diferentes qu'il faut traiter d'une maniere très-diferente, *sur peine de mal gouverner.*

J'ai montré qu'un Reglement pour la distinction de ces deux sortes d'afaires n'étoit pas impossible, & qu'on pouvoit dans chaque Conſeil particulier perfectioner tous les jours un pareil Reglement, pour ateindre d'un côté à la plus grande celerité dans les afaires ou preſſées, ou moins importantes, & pour ateindre de l'autre à l'examen ſufiſant dans les afaires non-preſſées, très-importantes.

Que le Roi laborieux faiſant décider toutes les afaires ordinaires & journalieres, ſoit en Paix, ſoit en Guerre, avec celirité & avec ſageſſe, ou par chacun des huit Conſeils, ou ou par le Conſeil General, ſans que ſa preſence y ſoit neceſſaire, il aura incomparablement plus de loiſir pour examiner & finir les afaires extraordinaires, qui ſeules peuvent doner un grand éclat à ſa réputation, en procurant à ſes *Sujets* de nouveaux avantages par des Etabliſſemens nouveaux.

Que ceux qui ſe mêleront des afaires publiques, auront bien moins de facilité à cometre des malverſations, & à s'enrichir par des voyes illegitimes aux dépens de l'Etat.

J'ai montré que l'Etat ſoufrira beaucoup moins des maladies ou de l'abſence d'un Conſeiller de l'Etat, qu'il ne ſoufriroit de la maladie d'un Demi-Viſir, ou d'un Viſir, parce que le travail de ceux qui ſe portent bien, & qui ſont preſens, ſupléra facilement à l'infirmité & l'abſence des autres.

Que les Départemens de la plûpart des Conſeillers de l'Etat pouront déſormais circuler entr'eux, & qu'il reſultera de cete circulation de très-grans avantages pour le Royaume, en ce qu'il y aura moins de negligence & moins de malverſations dans les afaires, & beaucoup plus d'émulation, plus de travail & plus de lumieres dans les Conſeillers, plus d'égalité dans l'autorité, & par conſequent plus de liberté dans les ſufrages, & que cete égalité rendra cete excelente forme de Gouvernement beaucoup plus durable.

Que pluſieurs excelens Etabliſſemens, qui étoient impoſſibles dans le Gouvernement précédent, & entr'autre l'Etabliſſement *du Conſeil, pour le progrez de la Politique, & pour l'Examen des Mémoires fur les Reglemens & fur les Etabliſſemens,* font devenus poſſibles, & même faciles à executer, & que cet Etabliſſement produira beaucoup plus de Reglemens utiles, & fera que beaucoup plus de gens de qualité s'apli-queront avec plus de foin & de fuccez à perfectioner de jour en jour nôtre Gouvernement.

Que dans la derniere forme de Gouvernement, perſone n'oſoit enſeigner, & que perſone n'avoit de facilitez pour bien étudier la Politique, & que cependant fans le grand progrez de cete fience, l'Etat ne pouvoit avoir ni dans les Emplois publics, ni dans les Conſeils, que des homes mal habiles, en comparaiſon de ce qu'ils auroient été, s'il y avoit eu liberté entiere d'enſeigner, & grande facilité d'a-prendre, & des récompenſes pour le progrez de cette fience, qui fuſſent proportionées à ſa grande utilité.

Que le Viſirat ne peut jamais ſe perfectioner, parce que par la mort, ou par le déplacement d'un Viſir habile & zelé pour le bien public, les meilleurs maximes & les plus utiles Etabliſſemens étoient ſouvent renverſez par un fucceſſeur ou mal habile, où corompu ; au lieu que dans la Polyſy-nodie, les Conſeils étant immortels, les bones maximes s'y perpetuoient ; qu'ainſi cette forme de Gouvernement peut tous les jours aquerir de nouveaux dégrez de perfection, fans pouvoir perdre ceux qu'elle a déja aquis, ce qui eſt un avantage ineſtimable ſur le Viſirat.

J'ai montré qu'il étoit très-important pour l'utilité publi-que d'établir des Grades dans le Miniſtere come dans l'Epée, & que cet Etabliſſement étoit impoſſible dans le Viſirat & dans le Demi-Viſirat, au lieu qu'il étoit très-poſſible dans la Polyſynodie.

Enfin j'ai montré que dans la forme nouvelle, où l'au-torité peut être à peu près également partagée entre beaucoup de Conſeils, il ſe trouve beaucoup plus de ſûré té pour la durée de la Maison Royale fur le Trône, que dans un Gouvernement où l'autorité du Roi eſt réünie dans un ſeul Miniſtre.

Or il me ſemble que le Viſirat & le Demi-Viſirat n'ayant aucun avantage que l'on ne trouve dans la Polyſynodie; qu'ayant au contraire beaucoup d'inconveniens trés-importans, où la Polyſynodie n'eſt point ſujette, que cete forme aïant autant d'avantages auſſi conſiderables & auſſi évidens que ceux que nous venons d'expoſer; on peut conclure que la Nation, & ſur tout les François ſenſez & gens de bien qui vivent aujourd'hui, verront tous avec joye l'Etabliſſement de la Polyſynodie, & que ceux qui viendront aprés nous, ſeront convaincus par ce diſcours, que ce plan de Gouvernement eſt tant pour celui qui gouvernera, que pour ceux qui ſeront alors gouvernez, le plus avantageux & le plus durable de tous les plans qui ont été juſqu'ici ſuivis ou même imaginez, *& c'eſt ce que je m'etois propoſé de leur démontrer.*

16. Avril 1718.

www.ingramcontent.com/pod-product-compliance
Lightning Source LLC
Chambersburg PA
CBHW051547280626
47162CB00021B/1620